SCHNEEFLOCKEN EINER UNVERGESSLICHEN LIEBE, FIREFIGHTER-ROMANZE

INTO THE FIRE – SERIE ALASKA

J.H. CROIX

Copyright-Informationen

Kapitel Eins

DELILAH

„Ich schaffe das", murmelte ich zu mir selbst.

Draußen schneite es unaufhörlich, und es war bereits dunkel. Dass es so früh dunkel werden würde, hatte ich bei der Planung meines Fluges nicht unbedingt bedacht.

Dezember in Alaska bedeutete, dass die Sonne verdammt früh unterging. In dieser Hinsicht war alles ein wenig anders als in North Carolina.

„Ich schaffe das auf jeden Fall", stellte ich fest und versuchte, einen Hauch von Zuversicht in meine Stimme zu legen.

Ein paar Minuten später war all meine innere Zuversicht umsonst, als mein gemieteter Kompakt-SUV auf einer Eisfläche ins Schleudern geriet und eine kleine Böschung hinunterrutschte.

„Scheiße! Hier gibt es bestimmt Bären."

Vielleicht redete ich ein bisschen zu viel mit mir selbst, aber das war eine Angewohnheit. Obwohl ich mir Gedanken über Bären machte, war ich seltsamerweise nicht allzu aufgewühlt. Zumindest jetzt noch nicht.

Ich warf einen Blick auf die Uhr am Armaturenbrett. Es war noch nicht mal fünf Uhr abends, und es war schon fast völlig dunkel. Hier gab es do gut wie keinen Verkehr. Ich hatte nicht mehr als zehn Autos gesehen, seit ich vor anderthalb Stunden den Stadtrand von Anchorage hinter mir gelassen hatte, und mein Ziel, Diamond Creek, lag noch einige Stunden vor mir. Meine normale zuversichtliche Lebenseinstellung wollte sich so weit von zu Hause nicht so recht einstellen, und eine Woge der Beklemmung stieg in mir auf.

Ich kämpfte dagegen an – denn so eine Frau war ich nicht – und atmete mehrmals tief durch. Ich war stark. Ich konnte das schaffen. In der Bar, in der ich arbeitete, warf ich jede Woche betrunkene Kerle raus, die über eins achtzig groß waren, also konnte ich bestimmt Hilfe rufen und mich vielleicht sogar selbst aus diesem kleinen Graben befreien.

Also stieg ich aus und überblickte die Situation, mit nur den Scheinwerfern als Unterstützung. Gut, Straßengraben traf es wohl nicht ganz, wo mein Mietwagen gelandet war. Der Rand des Highways fiel steil ab. Es gab nicht mal mehr einen Seiten-streifen.

Zum Glück war ich nur ein paar Meter von der Straße entfernt, aber das Gefälle war so steil, dass ich das Auto sicher nicht allein zurück auf die Straße schieben konnte.

„Scheiße!"

Der Wind verwehte meinen Fluch und hinterließ nicht mal ein Echo. Der Schnee fegte umher und wirbelte in der Dunkel-heit herum. Für eine Frau, die sich normalerweise für bestens gewappnet und klug hielt, kam ich mir schrecklich unvorbereitet und erstaunlich unbeholfen vor.

Der Winter in Alaska war ganz anders als die Winter in den Blue Ridge Mountains, von wo ich stammte. Natürlich gab es dort Schnee und jede Menge kurvenreiche Bergstraßen, die in einer kalten Winternacht blitzschnell vereist waren. Aber so früh wurde es noch nicht dunkel, und selbst in den ländlicheren Gegenden gab es deutlich mehr Verkehr als hier.

Eine Windböe fegte über mich hinweg und der kalte Schnee stach mir in die Wangen. Mit einem Seufzer stapfte ich zur Fahrerseite des Geländewagens und stieg ein. Nachdem sich die

Tür geschlossen hatte und das Geräusch des Windes und des wehenden Schnees verstummt war, war ich unglaublich erleichtert.

Bis auf ein kleines Problem. Ich war mutterseelenallein am Rande eines dunklen Highways in Alaska, und es war eiskalt draußen.

Weihnachten war nur noch eine Woche entfernt. Ich hoffte nur, dass ich die Nacht überleben würde. Ich wollte gar nicht daran denken, welche Schlagzeilen es geben könnte, wenn ich in meinem kleinen Geländewagen erfrieren würde. *Bescheuerte Touristin, die gedacht hatte, sie könne im Winter Auto fahren,* wäre schon mal ein guter Anfang.

Ich vergrub mich in meiner Daunenjacke und stellte meinen Sitz so ein, dass ich alle Scheinwerfer sehen konnte, die sich auf dem Highway näherten. Nach gut zwanzig Minuten ohne ein einziges vorbeifahrendes Auto begann sich in meinem Magen ein flaues Gefühl der Beklemmung zu regen. Ich konnte nicht einfach aussteigen und zu Fuß losziehen, da ich hier nirgendwo hinkonnte. Meines Wissens gab es in dieser Gegend nur kilometerlange Autobahnen zwischen den Städten, und es hatte weit unter minus 15 Grad und der Wind heulte von Sekunde zu Sekunde lauter.

Nachdem eine Windböe den Geländewagen durchgeschüttelt hatte, sah ich zwei deutliche Lichtkegel, die den Highway erhellten. *Danke, lieber Gott.* Ich hätte wirklich mehr beten sollen. Ich war besser erzogen worden, aber ich hatte ziemlich nachgelassen.

Gerade als ich noch überlegte, ob ich aussteigen oder hoffen sollte, dass man meine Scheinwerfer in der Dunkelheit sehen würde, erblickte ich die beiden freundlichen Lichter direkt hinter meinem Fahrzeug, als etwas, das wie ein Pickup-Truck aussah, zum Stehen kam.

„Ja, ja, ja!" rief ich mir zu.

Ich stieg aus und erblickte einen groß gewachsenen Mann, der den Abhang neben dem Highway hinunterstieg.

Gott, hoffentlich ist das jetzt kein Axtmörder.

Das grummelnde Glucksen, das ich durch den Wind hörte, erinnerte mich daran, dass ich meine Gedanken wieder mal nicht für mich behalten hatte. Manchmal spazierten meine Gedanken einfach so aus meinem Mund.

„Entschuldigen Sie bitte. Solchen Gefahren ist man als Frau eben ausgesetzt", gab ich zu, als ich vor dem Mann innehielt und aufblickte.

Doch als ich ihn genau ansah, blieb mir fast der Mund offen stehen. Ich kannte diesen Mann.

„Alex Blake?"

„Delilah?"

„Oh, mein Gott."

Mein Herz machte einen Sprung, auf den ein Kunstturner stolz gewesen wäre. Ach du Scheiße!

„Was hast du denn hier zu suchen? Komm, steigen wir doch in meinen Truck", rief Alex, ohne mir Zeit zu lassen, zu antworten.

Während meine Gedanken angesichts dieser merkwürdigen Entwicklung völlig aus dem Ruder liefen, streckte der Junge, in den ich einmal unglaublich verknallt gewesen war und der jetzt ganz eindeutig zum Mann geworden war, seine Hand nach mir aus, und schlang sie um meinen Ellbogen.

„Das ist ja irre", murmelte ich über das Heulen des Windes hinweg.

Alex' Glucksen jagte mir einen Schauer über den Rücken. „So kann man es auch nennen", erwiderte er, kaum hörbar, als ein kräftiger Windstoß über uns hinwegfegte.

„Warte, ich hole nur schnell meine Tasche", rief ich über den Wind hinweg.

Alex lotste uns zur Fahrertür meines Mietwagens. Ich schnappte mir meine Handtasche, während er meine Reisetasche aus dem Kofferraum holte, nachdem er mich gefragt hatte, ob ich Gepäck dabei hätte.

Ich folgte ihm einfach, während Alex mit einer Hand mich

und mit der anderen meine Tasche festhielt. Ich nahm kaum wahr, wie der Schnee wie Stacheln gegen meine Wangen schlug, während mein Verstand über die Überraschung der Begegnung mit diesem Mann stolperte.

Mein Puls war wie eine Rakete in die Höhe geschossen und ich nahm seine mühelose Stärke wahr, während er mich gewissermaßen durch den knietiefen Schnee schleppte. Schon bald waren wir an seinem Truck angelangt, und er öffnete die Tür.

Bei dem Versuch, einzusteigen, wäre ich fast gestürzt. Die Straße war eisig unter meinen Füßen und ich war völlig durcheinander, da war es mit der Koordination nicht so gut bestellt.

Alex, ganz der Gentleman, oder besser gesagt, der Gentleman, an den ich mich erinnerte, half mir beim Einsteigen und wartete, bis ich richtig Platz genommen hatte, bevor er die Beifahrertür schloss. Ich beobachtete, wie er mit eingezogenem Kopf durch den Schnee stapfte und die Vorderseite seines Trucks umrundete.

Ein weiterer Windstoß folgte ihm in den Truck. Zum Glück verbannte das dumpfe Geräusch der sich schließenden Tür die scharfe Eiseskälte von draußen.

Ich hielt meine Hände vor die Lüftungsschlitze der Heizung und warf einen Blick zu Alex hinüber. Sein Anblick löste eine heftige Reaktion in meinem Körper aus. Mein Herz fühlte sich an, als wäre es auf Hochtouren gelaufen, und mein Bauch sackte in sich zusammen und drehte sich, während ich in seine tiefen braunen Augen sah.

Das letzte Mal, dass ich Alex Blake – ein Mann, den ich nie vergessen hatte – gesehen hatte, war in einem Sommercamp in den Bergen von Colorado gewesen. Dass ich überhaupt dort gewesen war, war fast so unwahrscheinlich gewesen wie meine Begegnung mit ihm hier in Alaska. Alex sah so unglaublich gut aus, mit seinem bernsteinfarbenen Haar und den espressofarbenen Augen, seinem kräftigen, markanten Kinn und seinem schlanken, durchtrainierten Körper.

Damals mochte ich Alex sehr, sehr gerne. Nach meiner

Schwärmerei im Sommercamp hätte er eigentlich nur eine Fußnote in meinem Leben sein sollen, aber ich hatte ihn nie vergessen. Während ich seinen starken und entschlossenen Mund betrachtete, erinnerte ich mich immer noch an das Gefühl seiner Lippen, die sich über meine bewegt hatten, und an das langsame, sinnliche Kitzeln seiner Zunge.

„Was zum Teufel hast du eine Woche vor Weihnachten am Straßenrand in Alaska zu suchen, Delilah?"

Kapitel Zwei

ALEX

Delilah Carter musterte mich aufmerksam. „Gute Frage", erwiderte sie schließlich.

„Ich nehme an, du hast eine Antwort", konterte ich.

Delilah biss sich auf die Unterlippe – ihre verführerische, pralle Lippe mit einem Grübchen in der Mitte.

„Na ja, es ist irgendwie ein Zufall", meinte sie schließlich.

Ich wartete ab, während sie mich mit ihren grünen Augen musterte, die genauso atemberaubend waren, wie ich sie in Erinnerung hatte. Das Licht in meiner Fahrerkabine war zwar schwach, aber Delilahs einzigartige, auffällige Schönheit ließ sich durch nichts in den Schatten stellen.

Unsicherheit flackerte in ihren Augen auf, und sie atmete tief ein. Mit einem heftigen Seufzer löste sie sich schließlich von meinem Blick und lehnte ihren Kopf gegen den Sitz. „So verrückt es auch klingen mag, ich bin hier, um einen Skiurlaub in Diamond Creek zu verbringen. Ein alter Freund hat mich dazu eingeladen. In der Last Frontier Lodge."

„Im Ernst?"

Sie drehte ihren Kopf zur Seite und nickte. „Im Ernst", antwortete sie und ihre Wangen färbten sich leicht rosa.

Ich spürte, wie sich meine Lippen zu einem Lächeln verzogen und schüttelte den Kopf, als mir klar wurde, was das alles zu bedeuten hatte. „Nun, ich fasse es nicht. Genau dorthin bin ich gerade unterwegs."

Delilahs Augen weiteten sich. „Du nimmst mich doch auf den Arm."

Ich schüttelte den Kopf. „Ganz bestimmt nicht."

Während wir so dasaßen, der Wind vor meinem Truck heulte und der Schnee gegen die Windschutzscheibe prallte, sprühten Funken in der Luft und eine summende Elektrizität erwachte um uns herum zum Leben. Damals, vor all den Jahren, waren es nur ein paar Küsse gewesen.

Doch ich hatte Delilah nie vergessen. In jenen trüben Wochen eines Sommers, als wir beide noch zu jung waren, hatte ich mich so sehr nach ihr gesehnt, aber die Erinnerung ist eine vertrackte Sache. Manches wird zu comichaften Ausmaßen aufgebauscht, und anderes verschwindet in der Vergessenheit. Es war schwer, sich auf die Erinnerung zu verlassen und zu wissen, was richtig war.

„Ich habe versucht, dich zu finden", erzählte ich und war überrascht von meinen eigenen Worten.

Da wandte sich Delilah mir zu. Ich hätte ihr am liebsten über die Wangen gestrichen und ihr vom Schnee feuchtes, dunkles Haar geglättet. Bei meiner Bemerkung zog sie die Augenbrauen hoch und ihr Atem kam in einem kleinen, erschrockenen Hauch heraus.

Erneut bohrten sich ihre Zähne in ihre Unterlippe, knabberten leicht daran und lenkten meinen Blick auf ihren Mund. Verdammt noch mal! Dieser Mund war wie geschaffen für die Sünde, mit seinen prallen und einladenden Lippen. Ich konnte mich sogar noch ganz genau daran erinnern, wie sie schmeckte – süß mit einem Hauch von Vanille.

„Oh", meinte sie leise und ihr Wort blieb ihr leicht im Hals stecken. Dann schluckte sie und das Geräusch war in dem kleinen Raum nicht zu überhören.

Bevor einer von uns beiden wieder etwas sagen konnte, fuhr ein Laster vorbei und schleuderte eisigen Schneematsch gegen meine Windschutzscheibe. Das plötzliche Geräusch erinnerte mich daran, wo wir waren.

„Wir sollten uns auf den Weg machen. Bei diesem Wetter könnte es länger als sonst dauern, bis wir ankommen. Wir haben noch mindestens zwei Stunden Fahrt vor uns."

Delilah richtete sich in ihrem Sitz auf. „Natürlich. Bist du sicher, dass es dir nichts ausmacht?"

„Dass ich dich mitnehme?", fragte ich, als ich meinen Truck in Gang setzte.

„Ja. Ich habe keine Ahnung, was ich mit dem SUV machen soll. Es ist ein Mietwagen."

„Da ist er erst mal sicher", antwortete ich, während ich mich langsam in den Verkehr einordnete. „Falls du es noch nicht bemerkt hast, herrscht hier kaum Verkehr. Die Stelle ist weit genug von der Straße entfernt, dass der Wagen hier sicher sein sollte. Ich schlage vor, du rufst den Vermieter an und hinterlässt eine Nachricht. Wahrscheinlich kann man einen Abschleppwagen aus Anchorage besorgen, der das Auto morgen abholt. Du kannst dir entweder in Diamond Creek einen Mietwagen besorgen oder ich fahre dich zurück."

„Wenn es dir nichts ausmacht, würde ich gleich die Autovermietung anrufen."

„Nur zu", antwortete ich, während ich langsam Fahrt aufnahm.

Delilah rief rasch an. Wie erwartet wurde ihr geraten, das Fahrzeug stehen zu lassen. Die Autovermietung würde dann einen Abschleppdienst organisieren.

Nachdem sie aufgelegt hatte, ertönte im Fahrerhaus nur noch das Geräusch der Heizung, die mit voller Kraft blies. Ich fuhr durch die Dunkelheit, mein Körper war angespannt und ein seltsames Gefühl überkam mich. Ich hatte keine Ahnung, warum sich Delilahs Weg wieder mit meinem gekreuzt hatte, aber ich hatte vor, die Gelegenheit beim Schopf zu packen.

———

Ein paar Stunden später kam ich auf dem Parkplatz der Last Frontier Lodge zum Stehen, einem erstklassigen Skigebiet in Diamond Creek, wo die Füße der Berge die Küste des Ozeans küssen. Im Augenblick verdeckten allerdings noch die Dunkelheit und das Schneetreiben die atemberaubende Aussicht.

Ich warf Delilah einen Blick zu und sagte: „Da wären wir."

Delilah schaute durch die Windschutzscheibe auf die einladenden Lichter der Lodge. Sie war hell erleuchtet, die Skipisten schlängelten sich in die Dunkelheit und die Lichter funkelten im Schnee.

Als sie sich zu mir umdrehte und ihr Lächeln noch breiter wurde, vollführte mein Herz einen lustigen kleinen Purzelbaum. Genau wie früher hatte Delilah diese seltsame Wirkung auf mich, als ob sie einen Teil von mir angezapft hätte, der nur ihr zugänglich war. Ich erinnerte mich daran, wie sehr ich sie in diesem Sommer kennenlernen wollte und wie viel wir geredet und uns gegenseitig aufgezogen haben. Ich erinnerte mich auch daran, wie sehr ich sie unbedingt haben wollte. Jedes Mal, wenn ich sie geküsst hatte, hatte ich mich auf eine Weise lebendig gefühlt, wie ich das seither nicht wieder erlebt hatte.

Eine Windböe rüttelte an der Windschutzscheibe und riss mich aus meinen Erinnerungen. „Lass uns reingehen", schlug ich vor.

Sie reagierte ein wenig empfindlich, als ich darauf bestand, ihre Tasche zu tragen, aber dem schenkte ich keinerlei Beachtung. Obwohl sie eine gewisse stählerne Verletzlichkeit ausstrahlte, wollte ich unbedingt die Frau hinter diesem knallharten Äußeren kennenlernen.

Während wir durch die schwere Holztür in die Lodge traten, wehten der Wind und der Schnee mit uns herein, und das Rauschen verstummte erst, sobald die Tür zugefallen war. Die behagliche Wärme war eine wahre Wohltat gegenüber den eisigen Temperaturen draußen. Ich blickte mich um und nahm den Raum in mich auf. Ich war schon einige Male in der Last Frontier Lodge gewesen. Von Willow Brook aus war es ein Leichtes für mich, dorthin zu fahren, und ich hatte ein paar Freunde in Diamond Creek.

Obwohl es schon spät war, wimmelte es in der Lodge von Gästen, die an der Rezeption eincheckten, und das Stimmengemurmel aus dem Restaurant drang durch den Torbogen hinter dem Empfangsbereich.

„Da bist du ja!"

Ich sah mich um und mein Blick fiel auf meine Zwillingsschwester, die mit ihrem Mann, der zufällig auch mein bester Freund war, an der Seite stand. Nate Fox hatte seinen Arm um Hollys Schultern geschlungen. Er ließ fast nie die Hände von meiner Schwester. Das war zwar zunächst ein wenig gewöhnungsbedürftig gewesen, aber mittlerweile freute ich mich für die beiden. Sie hatten erst vor ein paar Monaten geheiratet.

„Hey, Holl", rief ich, während ich mich nach Delilah umdrehte. „Dort drüben ist meine Schwester. Komm, ich stelle euch mal vor."

Da wölbte sich eine von Delilahs dunklen Brauen nach oben. „Hast du ...?"

Sie verstummte, als ich meinen Kopf schüttelte. „Das ist meine Schwester. Glaub mir, du wirst ihr nicht aus dem Weg gehen können."

Delilah wirkte unsicher, aber sie folgte mir, als ich direkt auf Holly und Nate zusteuerte, die dort warteten. Mir entging nicht, dass Holly Delilah neugierig musterte, während wir näher kamen.

„Alex", rief Holly und strich sich ihr langes blondes Haar von den Schultern. „Du bist spät dran."

„Freut mich auch, dich zu sehen, Holl", erwiderte ich grinsend.

Nate gluckste und seine braunen Augen strahlten mit seinem

Lächeln um die Wette. „Holly hat dich schon heute Nachmittag erwartet."

„Die Straßen sind ziemlich unwegsam", meinte Holly düster.

„Ich bin zwar später losgefahren als geplant, aber ich habe es doch gesund und munter geschafft. Das ist übrigens Delilah", antwortete ich und wies mit einer Geste auf Delilah, die sich etwas abseits hielt.

Der wachsame Blick meiner Zwillingsschwester richtete sich wie ein Laser auf Delilah. Ich konnte praktisch sehen, wie sie versuchte, sich ein Bild der Lage zu machen.

„Delilahs Mietwagen ist von der Straße abgekommen, also habe ich sie aufgegabelt und mitgenommen. Zufälligerweise haben wir uns vor vielen Jahren in dem Sommercamp in Colorado kennengelernt", erzählte ich.

Holly trat vor. „Hi, ich bin Holly", stellte sie sich vor und streckte ihre Hand aus.

„Delilah, Delilah Carter", erwiderte Delilah.

„Was führt dich hierher?", fragte Holly. Und ich hatte ihr schon für ihre Zurückhaltung Beifall zollen wollen. Mir war klar, dass meine Schwester vor Neugierde zu platzen drohte.

„Ich nehme an, aus demselben Grund wie du", antwortete Delilah. „Um Ski zu fahren."

Holly lächelte langsam. „Das ist wohl offensichtlich", stellte sie nach einem Augenblick fest.

Nate fing Delilahs Blick auf und schenkte ihr ein leichtes Lächeln. „Schön, dich kennenzulernen. Nate Fox."

„Mein Verlobter", mischte sich Holly ein.

„Oh, herzlichen Glückwunsch. Wann ist die Hochzeit?", fragte Delilah.

Holly zog die Nase kraus und lächelte verlegen, als Nate die Augen verdrehte. „Sie vergisst immer, dass ich eigentlich längst ihr Ehemann bin. Wir haben erst vor ein paar Monaten geheiratet."

Holly stieß ihm mit dem Ellbogen in die Seite. „Das vergesse ich nicht! Aber du warst schon viel länger mein Verlobter, als wir verheiratet sind."

Eine Gruppe von Gästen drängte sich an uns vorbei, stieß mit Delilah zusammen und beendete damit unser kurzes Gespräch mit Holly und Nate. „Ich sollte jetzt lieber mal einchecken. Bin gleich wieder da", verkündete sie.

Kapitel Drei

DELILAH

„Nur zu“, antwortete Alex. „Ich habe angerufen, als ich aus Willow Brook losgefahren bin, also bin ich schon eingecheckt. Ich nehme an, ihr auch?“ Er warf einen Blick auf Holly und Nate.

„Ja, natürlich. Wir haben auf dich gewartet, damit wir zusammen zu Abend essen können. Warum setzt du dich nicht zu uns, sobald du eingecheckt hast?“, schlug Holly vor und warf mir einen Blick zu.

Da ich außer Alex und ihnen niemanden hier kannte, konnte ich nicht einfach ablehnen. Nicht, dass ich das gewollt hätte. „Das wäre ja nett. Lasst mich nur schnell einchecken, damit ich meine Tasche abstellen und mich ein wenig frisch machen kann.“

„Ich sehe mir mal mein Zimmer an“, stellte Alex fest, als ich mich gerade abwenden wollte. „Wie wäre es, wenn wir uns alle in einer Viertelstunde wieder hier treffen?“

„Klar“, antwortete ich, bevor ich mich in die Schlange an der Rezeption stellte.

Eine Gruppe von Gästen wuselte um mich herum, aber ich nahm sie kaum wahr. Mir wollte immer noch nicht aus dem Kopf gehen, dass ich Alex ausgerechnet hier und jetzt wieder getroffen hatte.

Die nahezu elektrisierende Kraft seiner Nähe hatte meine

Erinnerungen an ihn aufgefrischt. Ich hatte schon ganz vergessen, wie wohl und unbeschwert ich mich in seiner Nähe fühlte. Er war witzig, hinreißend und liebenswürdig. Dabei strahlte er eine selbstbewusste Männlichkeit aus. Hinzu kam, dass er mit seinen dunkelblonden Haaren und den espressofarbenen Augen einfach verdammt gut aussah.

Als ich mich zum Schalter vorgearbeitet hatte, lächelte mich eine Frau mit kastanienbraunem Haar und jadefarbenen Augen an. „Guten Abend, hatten Sie eine gute Anreise?"

„Wenn man bedenkt, dass ich auf dem Weg von Anchorage von der Autobahn abgekommen bin, geht es mir ganz gut", antwortete ich mit einem schiefen Lachen.

„Oh, nein! Ist denn alles in Ordnung? Wie sind Sie denn hierhergekommen?" Sie stellte mir ihre Fragen in schneller Folge. „Ich bin übrigens Marley."

„Freut mich, Sie kennenzulernen. Ich bin Delilah Carter. Ich hatte das Glück, dass ein anderer Gast auf dem Weg hierher angehalten und mich mitgenommen hat. Zum Glück war es kein Fremder. Ich fühle mich ein bisschen wie in einem Film. Ich kann immer noch nicht glauben, dass ich mitten am Straßenrand einer verschneiten Autobahn am anderen Ende des Landes jemanden getroffen habe, den ich kenne."

Marley grinste. „Das ist ja mal ein Ding. Wenn ich fragen darf, wer hat Sie denn mitgenommen?"

„Alex Blake. Kennen Sie ihn?"

„Oh, Alex. Natürlich kenne ich ihn! Er kommt oft hierher, um am Wochenende mit Freunden Ski zu fahren, und arbeitet auch ab und zu als Mechaniker am Flughafen."

„Das habe ich auch schon in Erfahrung gebracht", erwiderte ich mit einem Lächeln. Während der restlichen Fahrt hatten Alex und ich uns ausgetauscht, sodass ich eine ungefähre Vorstellung seines Lebens hatte.

„Ich schaue mal nach Ihrem Zimmer", meinte Marley und blickte nach unten. „Auf welchen Namen läuft die Reservierung noch mal?"

„Auf meinen. Delilah Carter. Ursprünglich war das Zimmer auf Remy Martin gebucht", erklärte ich. Remy war ein alter Freund, der von North Carolina nach Alaska gezogen war. „Aber der hat seine Pläne geändert."

Marley klickte auf der Tastatur, und ich konnte sehen, wie ihre Hand die Maus zum Scrollen bewegte. Während sich der Augenblick in die Länge zog, kribbelte es in meinem Bauch. Als ihr Blick wieder auf mich fiel, sah sie betroffen aus, legte die Stirn in Falten und verzog den Mund.

„Es tut mir leid, wir scheinen keine Reservierung für Sie zu haben. Ich habe den Eintrag zwar gefunden, aber es sieht so aus, als wäre die Reservierung versehentlich storniert worden, anstatt Remys Namen durch Ihren zu ersetzen. Es gibt einen Vermerk mit Ihrem Namen und es ist keine Erstattung verzeichnet, also muss es eindeutig unser Fehler sein. Das Problem ist, dass wir komplett ausgebucht sind. Es tut mir sehr, sehr leid", erklärte Marley.

Plötzlich fühlte sich meine Brust wie zugeschnürt an und Tränen traten mir in die Augen. Ich hatte wirklich lange versucht, mich zusammenzureißen, aber es war eben einer dieser Tage nach einem ebensolchen Jahr gewesen. Das passende Ende für alles, eine weitere Sache, die schiefgelaufen war, zusätzlich zu meinem verkorksten Jahr.

Marley konnte meine Verzweiflung deutlich spüren, auch wenn ich kein Wort sagte.

„Natürlich bieten wir Ihnen gerne einen weiteren kostenlosen Aufenthalt an", erklärte sie schnell. „Leider muss ich nachsehen, ob wir noch einen anderen Platz für Sie finden können, denn unsere Kapazitäten sind erschöpft."

Ich schluckte und ignorierte die Tränen, die mir in die Augen stachen. „Ähm, in Ordnung, das wäre toll."

In diesem Augenblick tauchte Alex an meiner Seite auf. „Fertig eingecheckt?", fragte er.

Ich sehnte mich förmlich danach, mich in Luft aufzulösen und mich aus dieser Situation zu befreien. In diesem Augenblick fiel es mir unglaublich schwer, die Fassung zu bewahren. Ich hatte einen über zwölfstündigen Flug hinter mir und hatte es geschafft, mir die Stimmung nicht verderben zu lassen, selbst als ich von der Straße abgekommen war. Aber langsam wurde mir alles zu viel.

„Ähm, nicht wirklich. Es scheint, als wäre meine Reservierung in die Hose gegangen. Marley kümmert sich darum, dass ich woanders unterkomme", erklärte ich mit einem knappen Lächeln.

Alex spürte meine offensichtliche Verzweiflung, denn sein Arm legte sich um meine Schultern, als er sich zu Marley beugte, um sie etwas zu fragen. Ich hoffte inständig, dass ich vor ihm, Marley und den Leuten, die sich im Empfangsbereich tummelten, nicht in Tränen ausbrechen würde.

Mein Blick hüpfte umher und fiel auf die Weihnachtsdeko. An einigen Stellen waren immergrüne Kränze aufgehängt und fröhliche Lichterketten hingen an der Decke und schlängelten sich um die Eingänge.

Schließlich schaltete sich mein Gehirn ein und ich nahm den Faden von Alex' und Marleys Gespräch wieder auf. „Versprochen, Alex. Ich finde eine andere Unterkunft für sie und sie bekommt hier einen kostenlosen zweiwöchigen Aufenthalt, wann immer sie möchte. Das Problem ist nur, dass wir im Augenblick total ausgebucht sind. Ich habe einfach keinen Platz für sie."

„Du kannst doch mein Zimmer mit mir teilen", antwortete Alex entschieden.

„Bist du dir da auch wirklich ...?" Ich hielt inne, als er den Kopf schüttelte.

„Wenn du mich jetzt fragst, ob ich mir da auch wirklich sicher bin – natürlich! Du bist für einen Skiurlaub hier, also bekommst du auch einen. Was Marley dir wahrscheinlich noch nicht sagen möchte, ist, dass die Wahrscheinlichkeit, dass sie um diese Jahreszeit eine andere Unterkunft für dich findet, eher verschwindend gering ist."

Marley verzog das Gesicht. „Alex, man kann nie wissen."

„Keine Chance. Fast alle Hotels haben geschlossen, nur ihr nicht." Sein Blick wanderte wieder zu mir. „Ich schlafe einfach auf der Ausziehcouch. Das Bett gehört ganz dir. Du bist hier, um Urlaub zu machen, also sollst du auch einen haben. Selbst wenn Marley eine Unterkunft für dich findet, ist das hier die einzige Ski-Lodge in der Nähe. Eine großartige Umgebung, um die Feiertage zu verbringen."

Als ich so dastand und Alex ansah, wusste ich nicht, was ich sagen sollte. Ich hatte mir so sehr meinen eigenen kleinen Rückzugsort gewünscht. Jetzt, da dieser in weite Ferne gerückt war, hatte ich wenig Lust, mich auf die Suche nach einem anderen Ort zu machen.

Ich löste mich von Alex' Blick und sah zu Marley hinüber. „Jetzt mal ganz im Ernst. Wie stehen meine Chancen, eine andere Unterkunft zu finden?"

Marley seufzte. „Nicht gut", antwortete sie mit einem Stirnrunzeln. „Ich verspreche Ihnen, dass wir Sie hier kostenlos unterbringen. Sie suchen sich die Zeit aus und wir kümmern uns darum. Es tut mir wirklich sehr, sehr leid. Ich würde Ihnen ja anbieten, in unserem Privathaus zu übernachten, aber wir haben über die Feiertage Familienbesuch, sodass wir nirgendwo mehr Platz haben."

Ich holte tief Luft und nickte ihr zu, bevor ich Alex wieder ansah. „Wenn du sicher bist, dass es dir nichts ausmacht, können wir uns zusammen ins Bett legen. Ich bezahle ...", begann ich.

Alex schüttelte den Kopf. „Du zahlst für gar nichts. Das Zimmer ist schon bezahlt." Ohne auf meine Antwort zu warten, verkündete er: „Dann komm mal mit." Damit lenkte er mich entschlossen vom Empfangstresen weg. Erst da fiel mir die Schlange der Leute auf, die sich hinter mir gebildet hatte.

Ich hätte mich am liebsten in Alex' Wärme und Kraft zusammengerollt, aber das war völlig sinnlos. Um Himmels willen, ich kannte ihn doch kaum. Zwei Wochen Verliebtheit, die in ein paar heißen Küssen gegipfelt waren, als wir vor fast fünfzehn

Jahren noch Teenager waren, bedeuteten nicht, dass ich ihn gut kannte. Ich holte tief Luft und versuchte, einen klaren Kopf zu bekommen, während er uns durch den überfüllten Empfangsbereich und einen Seitenflur führte, wo wir vor einer Reihe von Aufzügen stehen blieben.

Ich sah zu ihm auf und wollte mich bedanken, da öffneten sich auch schon die Türen und eine Traube von Leuten strömte heraus und erfüllte den Raum mit Stimmen und Gelächter. Wir betraten den leeren Aufzug und es wurde mucksmäuschenstill, als sich die Türen hinter uns schlossen. Alex tippte auf den Knopf für den dritten Stock.

In dem Augenblick, in dem ich seinen dunklen Blick traf, machte mein Herz einen kleinen Salto und mein Magen krampfte sich zusammen. In diesem winzigen, abgeschlossenen Raum kribbelte mein Körper vor Aufregung. Ich musste an die Küsse vor so vielen Jahren denken, als ich noch jünger gewesen war. Ich hatte nie vergessen, wie sich diese Küsse angefühlt hatten.

Die Luft war erfüllt von Funken. Ich fragte mich, ob ich wohl den Verstand verloren hatte. Es dämmerte mir, dass es eine echte Herausforderung sein könnte, mir eine Woche lang ein Zimmer mit Alex zu teilen.

Kapitel Vier

ALEX

Delilah stand neben mir im Aufzug. Ihre grünen Augen waren dunkel und ihre Wangen leicht gerötet. Zu sehen, dass der Kummer aus ihrem Blick verschwunden war, verschaffte mir Erleichterung. Obwohl ich nicht sagen konnte, dass ich sie gut kannte, auch wenn sich das Gefühl ihres Mundes für immer in mein Gehirn eingebrannt hatte, spürte ich, dass sie keine Frau war, die ohne weiteres Hilfe annahm. Selbst als sich unsere Wege vor all den Jahren gekreuzt hatten, hatte sie ein ausgeprägtes Gefühl der Unabhängigkeit ausgestrahlt.

Ich hatte ihr nicht angeboten, mein Zimmer mit ihr zu teilen, nur um die Gelegenheit zu nutzen, die ich bei unserem letzten Treffen nicht bekommen hatte. Trotzdem fragte ich mich, ob das vielleicht doch keine so schlechte Idee war.

Delilah betrachtete mich, wobei ihre Zunge herausschnellte und ihre Unterlippe befeuchtete. Ich nahm den feinen Bogen ihrer Brauen, die klaren Linien ihres Gesichts und das entschlossene Kinn in Augenschein. Dann fiel mein Blick nach unten und ich bemerkte das schnelle Flattern ihres Pulses am Hals.

Obwohl mir ein Teil meines Verstandes eindringlich riet, sie nicht zu küssen und mich wie ein Gentleman zu verhalten, folgte ich meinem Instinkt.

Als ob ihr Körper der gleichen magnetischen Kraft unterworfen wäre, die uns umgab, trat Delilah in meine Richtung, als ich mich auf sie zubewegte. Ihr Duft – der mich fast in den Wahnsinn getrieben hatte, nachdem ich sie am Rande der verschneiten Straße aufgelesen hatte – wehte zu mir herauf. Er war süß, sinnlich und so verdammt attraktiv, dass mir die Knie weich wurden.

Ich hielt den Griff ihrer Tasche in einer Hand. Dann ließ ich ihn los, weil ich beide Hände brauchte. Ich strich ihr das Haar aus dem Gesicht und ließ die Finger der einen Hand durch ihre seidigen Locken gleiten, während ich ihren Nacken umfasste. Mit der anderen Handfläche fuhr ich ihre Wirbelsäule hinunter und freute mich über ihr leises Schnaufen.

„Wie groß ist wohl die Wahrscheinlichkeit, dass wir uns auf diese Weise wiedersehen?", fragte ich.

Da verfinsterte sich ihr Blick, und sie zuckte mit den Schultern und verzog einen Mundwinkel. Ich spürte, dass sie nicht so leicht ein Lächeln verschenkte, also fühlte ich mich, als hätte ich etwas gewonnen.

„Keine Ahnung. Das habe ich mich auch schon gefragt."

„Ich muss da mal eine Theorie auf die Probe stellen."

„Eine Theorie?" Eine dunkle Braue wölbte sich.

„Nun, vielleicht eine Erinnerung. Ich bin mir ziemlich sicher, dass der letzte Kuss, den wir hatten, der beste Kuss meines Lebens war, also muss ich das nochmal überprüfen."

Daraufhin färbten sich Delilahs Wangen noch rosiger und ihr Lächeln zog sich bis über beide Ohren. „Einverstanden. Ich habe nichts dagegen."

Als ich näher an sie herantrat und hörte, wie ihr Atem stockte, durchzuckte mich das Verlangen. Ich hatte keine Ahnung, was zum Teufel ich hier mit Delilah tat. Und doch konnte ich die Gedanken daran, was mit uns hätte sein können, nicht abschütteln.

Es hatte keinen tränenreichen Liebeskummer und auch keine hässliche Trennung gegeben. Wir waren nach diesen trüben

Sommertagen einfach getrennte Wege gegangen. Dennoch hatte ich sie nie vergessen. Ab und zu hatte ich mich gefragt, wo sie wohl war und wie es ihr ging. Und jedes Mal, wenn ich an sie dachte, war mir, als ob mir nichts als meine Erinnerungen bleiben würden.

Und doch war sie hier.

Als ich mich ihr näherte, konnte ich die Wärme spüren, die von ihr ausging. Ihr Duft – von dem ich gar nicht gewusst hatte, dass ich mich an ihn erinnerte – umwehte mich wie Rauch, süß und würzig mit einer gewissen Schärfe. Genau wie Delilah. Meine Gedanken und mein gewohntes Gefühl der Kontrolle entglitten mir.

Ich kämpfte darum, die Lust, die mich durchströmte, zu zügeln. Sie tobte mit einer Kraft, die ich nicht ignorieren konnte. „Also sag schon, Delilah", murmelte ich. „Hast du dich jemals gefragt, was alles hätte passieren können?"

Ihre Brüste drückten gegen meinen Oberkörper, als sie einen weiteren Atemzug tat und ihre blitzenden grünen Augen hielten die meinen gefangen. Das Mädchen, an das ich mich erinnerte, hatte einen gewissen eigensinnigen Eindruck vermittelt. Das tat sie immer noch, und dieser Eindruck hatte sich mit den Jahren noch verstärkt. Ich spürte, dass sie meine Frage nicht beantworten wollte, aber sie ließ sich nicht unterkriegen.

„Vielleicht", antwortete sie mit heiserem Unterton.

„Ich habe mich das ganz bestimmt gefragt."

Ich drängte sie und wusste gar nicht, warum. Die zufällige Begegnung mit ihr hatte mich wachgerüttelt. Die Wahrscheinlichkeit, ihr in einer verschneiten Nacht am Straßenrand zu begegnen, während wir beide zufällig auf dem Weg zum selben Ziel waren, war wie ein Blitz aus heiterem Himmel gekommen. Ich musste unbedingt die restliche Ladung dieses Blitzes einfangen, und ich hatte nicht vor, sie loszulassen.

Als ich meine Hand in ihr Haar steckte, gab es leicht nach und glitt wie Seide durch meine Finger. Ihre Augen brannten wie Feuer auf mir, und ich beugte meinen Kopf und streifte mit meinen Lippen über ihre, als wollte ich erproben, was passieren würde. Dieser Augenblick war so unwirklich, dass es mich nicht überrascht hätte, wenn wir in Flammen aufgegangen wären.

Ihre Lippen waren warm und weich. Die Elektrizität summte um uns herum und meine Lippen kribbelten fast auf ihren. Ein leiser Laut drang aus ihrer Kehle, und ich hörte aus der Ferne mein eigenes Knurren, während ich meinen Kopf zur Seite neigte und meinen Mund auf den ihren legte.

Delilah seufzte, ihre Lippen gaben nach und luden mich ein. Verdammt, sie schmeckte so gut. Der frische, kühle Geruch von Schnee haftete an ihr. Ihr Mund war warm und süß, und in dem Augenblick, in dem sie mich hineinließ, war es genauso, wie ich es in Erinnerung hatte.

Ihre Zunge glitt heraus, um gegen meine zu streichen. Delilah war beileibe keine passive Küsserin. Eine ihrer Hände glitt um meinen unteren Rücken und sie zog mich näher zu sich heran. Meine Erregung schmiegte sich nahtlos an ihre Hüften und drückte gegen ihren Kern. Sie war großgewachsen und schmiegte sich mit ihren weichen Kurven eng an meine harten Muskeln.

Unser Kuss begann mit einem langsamen, sinnlichen Kitzeln, bevor er in Fahrt kam und unsere Zungen sich verschränkten, als er feucht, heiß und unbeherrscht wurde. Ich hielt ihr Haar fest umklammert, während eine ihrer Hände über meinen Oberkörper wanderte.

Die Delilah, die ich früher geküsst hatte, war jung gewesen. Unsere Küsse waren die von zwei unerfahrenen, wilden Teenagern gewesen, die es nicht besser gewusst hatten. Und so heiß diese Küsse auch gewesen waren, sie konnten diesem Kuss nicht das Wasser reichen.

Inzwischen kannte ich mich mit dem Mund einer Frau aus. Obwohl ich fast den Verstand verlor und gar nicht mehr denken konnte, machte sich meine jahrelange Erfahrung bemerkbar. Nachdem ich mich von ihrem Mund losgerissen hatte, rang ich fast verzweifelt nach Luft. Dabei öffnete ich meine Augen, genau wie sie. Unsere Blicke trafen aufeinander, ihr Blick war verschwommen und unscharf, aber er entsprach wahrscheinlich dem meinen.

Wir blickten uns an und der Klang unseres Atems dröhnte laut in dem kleinen Raum. Das Blut rauschte durch meine Ohren, während mein Puls durch meinen Körper pochte.

Delilahs Lippen waren von unserem Kuss geschwollen und ihre Wangen gerötet. Ich konnte das unermüdliche Schlagen ihres Herzens an meiner Brust spüren, und ich stellte mir vor, dass sie meines spüren konnte. Wir waren eng umschlungen, und einer ihrer Füße hatte sich um meine Waden gelegt.

Mit einer Hand strich sie mit ihrer Fingerspitze über meinen Wangenknochen und hinterließ eine Spur aus Feuer, die ihre Berührung nachzeichnete. „Das war ja noch besser, als ich in Erinnerung hatte", hauchte sie.

Ich spürte, wie sich meine Lippen auf einer Seite zu einem Lächeln verzogen. „Das kann man wohl sagen." Meine Worte klangen rau und heiser.

Ich hatte mir überhaupt nichts vorgestellt. Ich wusste nur, dass ich mir eine Gelegenheit wünschte, uns an einen Ort vorzuwagen, an den wir noch nie gekommen waren. Und doch fühlte sich das plötzlich schwer an, mit einer überwältigenden Eindringlichkeit.

Delilah holte noch einmal Luft. Sobald ich spürte, wie sich die festen Spitzen ihrer Brustwarzen gegen mich drückten, war mein Mund wieder auf ihrem. Mein Körper war so angespannt, dass ich völlig vergaß, wo wir uns gerade befanden. Ich verschlang ihren Mund, während ihre Zunge mit meiner wetteiferte. Ich spürte nicht mal, wie der Aufzug zum Stillstand gekommen war, bis sich die Türen öffneten und ich eine Stimme hörte.

„Ups!", rief eine weibliche Stimme.

Ein leises Kichern folgte von jemand anderem. Delilah und ich flogen auseinander und ich konnte mich gerade noch fangen, bevor ich gegen die Wand des Fahrstuhls sackte. Die Schockwelle des Kusses hatte mich förmlich umgehauen. Als ich zur Seite schaute, entdeckte ich zwei Frauen, die sich höflich abwandten.

„Tut mir leid, meine Damen", sagte ich, während ich mich vorbeugte, um Delilahs Tasche zu schnappen.

„Es tut uns leid, dass wir stören", erwiderte eine von ihnen. Ihr Blick huschte von mir zu Delilah. „Liebes, ich würde all mein Geld dafür hergeben, dass mich ein Mann so küsst, wie er Sie gerade geküsst hat. Den sollten Sie lieber mit beiden Händen festhalten."

„Ja, das war ein Kuss für die Ewigkeit", stellte die andere Frau fest.

Delilah biss sich auf die Lippe, kicherte und ihre Wangen wurden noch rosiger. Sie stieg vor mir aus dem Aufzug und ich legte meine Hand auf ihren unteren Rücken, weil ich sie unbedingt anfassen wollte. Während sie meinen Motor so sehr auf Touren brachte, dass ich innerlich fast durchdrehte, war sie auch das Einzige, woran ich mich in diesem Wahnsinn des Verlangens festhalten konnte, das so heftig war, dass ich kaum einen klaren Gedanken fassen konnte.

Kapitel Fünf

DELILAH

Der dezente, milde Geschmack des Weins glitt über meine Zunge. Als ich mein Glas absetzte, sah ich Alex von der Seite an und versuchte, zu Atem zu kommen. Ich fragte mich, ob man wohl einen Herzinfarkt bekommen konnte, wenn man zu lange erregt war.

Seit unserem Kuss im Aufzug war mein Puls auf Hochtouren gelaufen. Nach der Überraschung, ihn zu sehen, hatte ich mich einigermaßen zusammengerissen. Bis ich meinen verdammten Verstand verlor.

Der Kuss hatte mich fast verbrannt, innerlich und äußerlich. Ich war ziemlich verwundert, dass ich nicht einfach zusammengeklappt bin, als wir von unserem unerwarteten Publikum erwischt worden waren.

Mein Inneres war immer noch glühend heiß, und meine Lippen kribbelten. Die ganze Zeit über raste mein Puls, der nur durch gelegentliche Blicke von ihm auf Touren gebracht wurde. Wir waren mit Holly und Nate zum Abendessen verabredet und ich versuchte, ein Gefühl der Normalität zu vermitteln. Ich wollte schließlich nicht, dass seine Schwester dachte, ich wäre verrückt.

Alex' Frage hallte in meinem Kopf nach. *Also sag schon, Delilah. Hast du dich jemals gefragt, was alles hätte passieren können?*

Oh Mann, und wie. Ich hatte es als verblasste sommerliche Erinnerungen abgetan und mir im Laufe der Jahre eingeredet, dass ich ihnen viel zu viel Bedeutung beigemessen hatte. Aber warum nur hatte ich Alex Blake und diese heißen Knutschsessions nicht vergessen können?

Wie groß waren wohl die Chancen, dass ein Mädchen aus bescheidenen Verhältnissen in den Blue Ridge Mountains ein Stipendium für ein zweiwöchiges Camp erhalten würde? Ich kannte die Antwort. Nicht besonders groß. Noch unwahrscheinlicher war die Tatsache, dass Alex – ein Teenager aus Alaska, einem Land, das mir wie ein anderer Planet vorgekommen war – ausgerechnet für dieselben zwei Wochen dort landen würde.

Ein Schauer lief mir über den Rücken, als mir die ganze Tragweite meiner derzeitigen Situation bewusst wurde. Von allen Leuten, die mich auf dem Highway im Schnee finden hätten können, war es ausgerechnet Alex Blake.

Selbst wenn er mich nicht gefunden hätte und ich selbst hierher gefahren wäre, hätte ich ihn trotzdem getroffen. Diese zwei kurzen Wochen im Sommer waren die besten meines Lebens gewesen. Es war nicht so, dass wir eine große Romanze gehabt hätten, aber er war ein hübscher und netter Kerl gewesen und ich hatte mich in ihn verknallt. Wir hatten ein paar heiße Küsse ausgetauscht, und die waren einfach traumhaft gewesen.

Stunden bevor das Camp zu Ende war und ich in den Bus zum Flughafen gestiegen war, hatte ich ihm noch meine Adresse gegeben, und er hatte versprochen, mir einen Brief zu schicken. Leider hatte mein Dad dafür gesorgt, dass wir aus der Wohnung ausziehen mussten, während ich im Camp war. Meine Eltern waren nicht so gut organisiert gewesen, dass sie dafür gesorgt hätten, dass die Post nachgeschickt wurde. Ich habe also nie erfahren, ob Alex jemals einen Brief geschickt hat.

„Und für Sie?", fragte eine Stimme, die meine Träumereien störte.

Ich sah auf und lächelte die Kellnerin an. „Tut mir leid. Wie bitte?"

„Ich habe nur gefragt, was Sie gern essen möchten", erklärte sie höflich.

„Oh, richtig. Ich nehme den Sesamlachs mit Spargel", antwortete ich und warf einen Blick auf die Speisekarte vor mir.

„Darf es auch noch eine Vorspeise sein?"

„Wir haben schon die kleinen Krabbenküchlein und die Heilbuttstreifen bestellt", verkündete Holly von der anderen Seite des Tisches.

„Sind die zum Teilen gedacht? Ich möchte keine vorschnellen Vermutungen anstellen."

„Natürlich", antwortete Alex.

„Gut, dann ist ja alles klar", antwortete ich, während ich der Kellnerin die Speisekarte reichte.

Sobald die Kellnerin verschwunden war, richtete Holly ihre scharfen braunen Augen auf mich. „Da trifft es sich ja gut, dass Alex dich am Straßenrand aufgelesen hat. Ich kann kaum glauben, dass du nicht gewusst hast, dass er diese Woche hier sein würde", stellte sie fest.

Ich hatte keine Energie für sowas. Aber ich hatte wohl keine andere Wahl, als mich damit auseinanderzusetzen. Nachdem ich einen kräftigen Schluck Wein getrunken hatte, begegnete ich ihrem Blick direkt. „Hör zu, denk, was immer du möchtest. Alex und ich sind uns vor vielen Jahren im Camp schon einmal begegnet. Es war eine totale Überraschung, ihn wieder zu sehen, aber ich habe keinerlei Hintergedanken. Meine Freunde haben mir diesen Skiausflug geschenkt, weil ihnen etwas dazwischengekommen ist."

Alex legte seinen Arm um meine Schultern und nahm einen Schluck von seinem Bier. „Im Ernst, Holl. Mach jetzt kein großes Fass auf. Ich gebe zu, es ist schon irre, Delilah ausgerechnet hier zu treffen, aber das stört mich nicht im Geringsten", sagte er leichthin.

Nate knuffte Holly mit seinem jungenhaften Charme in den

Arm. „Sei nicht so streng mit den beiden. Schließlich ist fast Weihnachten.“

Ich zuckte mit den Schultern. Am liebsten hätte ich mich in Alex vergraben, dabei hasse ich es, mich schwach und verletzlich zu fühlen. Davon hatte ich in meinem Leben schon mehr als genug.

Holly seufzte. „Tut mir leid. Ich bin wohl bloß ein wenig beschützerisch. Wer ist denn der Freund, der dir den Aufenthalt geschenkt hat?“

„Eigentlich ist es Shay Martin. Ihr Bruder Remy, der auch ein Freund von mir ist, lebt in...“

Holly schaltete sich mit einem breiten Lächeln ein. „Oh, mein Gott. Remy? Unser Remy?“

„Nun, ich weiß nicht, ob er euer Remy ist, aber er ist da aufgewachsen, wo ich aufgewachsen bin, in Stolen Hearts Valley, North Carolina. Seine Schwester Shay lebt auch dort. Als Remy und seine Frau diese Reise nicht antreten konnten, hat er es Shay erzählt, und sie hat es mir erzählt, und hier bin ich nun“, erklärte ich.

Holly schlug ihre Handfläche auf ihre Brust und seufzte. „Remy ist echt so süß.“

Nate verdrehte die Augen und schmunzelte. „Ich bin mir nicht sicher, ob es Remy gefallen würde, wenn man ihn als den ‚süß‘ bezeichnet.“

Holly stieß Nate mit dem Ellbogen in die Seite. „Wie auch immer. Es ist nur schräg, dass Delilah Remy kennt.“

„Ihr wohnt also in derselben Stadt wie Remy?“, fragte ich.

„Ja. Willow Brook“, antwortete Alex, als ich ihn ansah. „Da kommen wir auch her. Remy ist dort vor ein paar Jahren gestrandet. Ein zuverlässiger Typ. Einer der besten Feuerwehrmänner, die es dort gibt.“

Ich nickte, während mir durch den Kopf ging, wie klein die Welt sein kann. „Oh ja. Shay vermisst ihn wie verrückt. Ich kann irgendwie nicht glauben, dass er und seine Frau diese Woche hier haben sausen lassen. Es ist wirklich schön hier“, stellte ich fest, während ich meinen Blick durch das Restaurant schweifen ließ.

Es war eine gehobene Ski-Lodge. Das Restaurant hatte hochglänzende Parkettböden und eine hohe Decke mit freiliegenden Balken, die sich kreuz und quer durch den Raum zogen. Durch die Fenster mit Blick auf die Berge funkelten die Skipisten in der Dunkelheit. „Ich kann es kaum erwarten, bei Tageslicht nach draußen zu gehen", fügte ich hinzu.

Holly nickte begeistert. „Oh, es ist wunderschön hier. Was Remy angeht, der seine Woche hier ausfallen lässt, brauchst du kein Mitleid mit ihm zu haben. Ich weiß genau, dass er und Rachel diesen Winter schon zweimal hier waren und im Februar einen weiteren Aufenthalt geplant haben."

„Nun, das ist sicher ganz nett. Ich schätze, letztendlich haben sie mir ihre Woche wohl doch nicht geschenkt, weil das Zimmer ja gar nicht verfügbar war", sagte ich mit einem kleinen Lachen.

„Ich hoffe, du überlässt Delilah auch das Bett", erwiderte Holly mit einem gezielten Blick auf Alex.

Seine Finger streichelten leicht die Haare in meinem Nacken und jagten mir kleine Schauer über den Rücken, die sich in brennendes Verlangen zwischen meinen Schenkeln verwandelten. Die Reaktion meines Körpers auf Alex war unbeschreiblich, und dabei hatte ich den schützenden Blick seiner Schwester auf uns gerichtet. Ich spürte, dass sie ihre Krallen ausfahren würde, wenn sie es für nötig hielt.

„Wann habt ihr beide euch kennengelernt?", fragte Nate, als die Kellnerin mit unseren Vorspeisen kam.

„Erinnerst du dich an das Camp, in dem ich ein paar Sommer lang war?", fragte Alex zwischen zwei Bissen der knusprigen und leckeren Heilbuttstreifen.

„Oh, ja. Du hast es geliebt. Du hast dort Fliegenfischen und andere Sachen an einem See in den Bergen gemacht. Ich weiß gar nicht mehr, wo das war", antwortete Holly.

„Colorado", meinte ich und dachte an den einen Nachmittag

zurück. Diese zwei kurzen Wochen lebten in meiner Erinnerung als ein Hauch von Sonnenschein und Wärme weiter. Die Hitze in Colorado war nicht vergleichbar mit der Hitze in North Carolina, wo die Luftfeuchtigkeit so hoch war, dass sie manchmal regelrecht auf der Haut klebte. Ich habe das kühle Wasser des Sees in Colorado und Alex' tiefbraune Augen geliebt.

Mein Herz machte einen Sprung, als das kalte Wasser auf meine Haut spritzte. Eines Nachmittags, fast zur Hälfte meiner Zeit dort, saß ich allein auf einem Steg. Viele Jugendliche besuchten das Camp, aber es war nicht allzu schwer, sich zurückzuziehen. Ich liebte es, mich zu verstecken und zu lesen und hatte einen schwimmenden Steg gefunden, der etwas abseits des eigentlichen Schwimmbereichs lag. Die Stimmen der anderen Kinder, die im Wasser herumtollten, drangen zu mir herüber, aber ich fühlte mich, als hätte ich meinen eigenen, besonderen Zufluchtsort gefunden.

Alex lächelte mich an, als er aus dem Wasser auftauchte. „Ich habe mir schon gedacht, dass du das bist", sagte er.

Seine Hände legten sich über den Rand der Schwimmplattform, während er sich aus dem Wasser stemmte. Die Plattform schwankte leicht unter seinem Gewicht. Ich klappte mein Buch zu und richtete mich von meinem Platz auf, wo ich gelegen hatte.

Alex sah wirklich gut aus, so gut, dass es fast schon zu viel war. Sein Körper war schlank und muskulös. Er lächelte wieder, während er mit der Hand über sein nasses Haar strich. Ein paar Tröpfchen landeten auf meinen Beinen und jagten mir einen Schauer über den Rücken.

„Liest du denn gerne?", fragte er.

„Allerdings. Das ist sogar meine Lieblingsbeschäftigung."

Normalerweise verschlug es mir die Sprache, besonders bei so gut aussehenden Jungs wie Alex, aber er hatte etwas an sich. Es war einfach leicht, mit ihm Zeit zu verbringen. Außerdem war er so weit von meinem Leben zu Hause entfernt, dass ich mir keine Gedanken darüber machen musste, was er über mich denken könnte.

Er hatte ja keine Ahnung, dass meine Eltern arm waren und mein Vater uns die meiste Zeit anschrie. Oder dass die gestohlenen Augenblicke mit ihm die einzigen waren, die ich je mit einem Mann hatte. Die meisten Jungs zu Hause machten einen großen Bogen um mich. Modisch war ich nicht gerade up to date. Ich trug oft immer wieder die gleichen Klamotten, weil ich nicht genug hatte, um durch die Woche zu kommen.

Als meine beste Freundin erfuhr, dass ich das Stipendium für das Camp gewonnen hatte, hatte sie mir sofort jedes einzelne Paar Cutoffs überlassen, das sie besaß. Wir beide zusammen hatten genau genug, um die zwei Wochen im Camp zu überstehen.

Es war ein glücklicher Zufall, dass Cutoffs in diesem Sommer in Mode waren. Ebenso war es ein Glück, dass es völlig in Ordnung war, nur zwei Bikinioberteile und ein paar Tanktops zu haben. Die meisten Mädchen trugen im Camp immer wieder die gleichen Oberteile.

Alex beugte sich zu mir und hakte einen Fuß unter seinem Knie ein. „Ich wette, du bist eine Musterschülerin.“

Das war ich auf jeden Fall, obwohl sich fast niemand dafür interessierte.

Ich lächelte schüchtern und zuckte mit den Schultern. „Vielleicht. Also, verrate mir doch mal, wo du herkommst.“

„Alaska.“

„Wirklich? Wow! Das ist ja verrückt.“

„Nicht ganz so verrückt, wie es klingt. Und du?“

„North Carolina.“

„Alaska ist zwar ganz nett, aber die Berge hier sind auch toll. Ich wette, die Berge in North Carolina sind bestimmt ebenso schön.“

„Das sind sie, nur viel kleiner.“

Ich hatte es gar nicht bemerkt, aber irgendwie saßen wir ziemlich nah beieinander. Als er sich nach vorne lehnte, knisterte es zwischen uns, als stünden wir unter Strom. Alex hatte mir bereits zwei Küsse gestohlen, und gerade sah ich seinen Blick auf meinem Mund verweilen.

„Du machst mich ein bisschen verrückt, Delilah“, flüsterte er mit tiefer und heiserer Stimme.

Schmetterlinge kribbelten in meinem Bauch und ich fühlte mich am ganzen Körper ganz kribbelig. „Küss mich doch nochmal“, hauchte ich.

„Das lasse ich mir nicht zweimal sagen.“

Er beugte sich vor und seine Lippen streiften die meinen. Die Spannung richtete sich nun auf unsere Lippen, und es brodelte gewaltig zwischen uns. Ich hörte einen Laut aus meiner Kehle und dann lehnte sich Alex näher an mich und zog mich auf seinen Schoß. Obwohl ich wusste, dass ich das, was wir taten, für unanständig halten sollte, fühlte es sich bei ihm nicht so an.

Als ich mich rittlings auf seinen Schoß setzte und meine Hüften über die harte Erhöhung seiner Erregung bewegte, küssten wir uns wie durchgeknallte Teenager. Feucht und voller Gefühl.

Irgendwann löste sich Alex von mir. „Delilah", murmelte er und seine Hände glitten an meinen Seiten hinunter, um meine Hüften zu ergreifen und sie festzuhalten. „Wir müssen aufhören."

„Aber das möchte ich nicht."

Kapitel Sechs

DELILAH

Diese Erinnerung schoss mir durch den Kopf, als ich aufblickte, nachdem Alex etwas gesagt hatte. Ich hatte völlig den Anschluss an das Gespräch verloren.

Mein Lächeln schien jedoch zu reichen, um alles zu überspielen. „Und was machst du so?" Hollys Frage durchbrach den Nebel, den meine alten Sommererinnerungen hinterlassen hatten.

Ich sah sie an und antwortete: „Ich bin Barkeeperin. Ich habe das College zwar abgeschlossen, aber nicht so schnell, wie ich wollte, vor allem, weil ich die ganze Zeit gearbeitet habe. Jetzt mache ich einen Onlinekurs in Krankenpflege. Ich hoffe, dass ich eines Tages meinen Abschluss als Krankenschwester machen werde."

Ich wartete auf eine Andeutung von Missbilligung. Normalerweise hielten andere Leute nicht viel von dem, was ich tat, aber meine zynische Erwartung wurde eines Besseren belehrt. Hollys Augen weiteten sich. „Oh, das ist ja toll. Ich bin auch Krankenschwester. Das muss ganz schön schwer sein, neben der Arbeit online zu lernen. Ich bewundere jeden, der das hinbekommt. Ich bin so froh, dass ich mit der Krankenpflegeschule fertig bin. Wenn du irgendwelche Tipps brauchst, frag einfach."

„Wenn ich mein Examen mache, nehme ich dich vielleicht beim Wort", antwortete ich.

Während ich versuchte, ein normales Gespräch zu führen, strichen Alex' Finger die ganze Zeit über den Kragen meines Shirts an meinem Hals hin und her. Dieser winzige Fleck Haut stand förmlich in Flammen und glühte durch meinen Körper. Ich konnte die feuchte Seide zwischen meinen Schenkeln spüren. Wenn er so weitermachte, würde ich noch im Fahrstuhl über ihn herfallen. Wir hatten das zwar nicht besprochen, aber nach dem heißen Kuss vorhin hatte ich einen Entschluss gefasst.

Vielleicht würde ich Alex danach nie wiedersehen, aber ich würde die Sache auf eine Art und Weise durchziehen, wie ich das noch nie gekonnt hatte.

Ich überstand das Abendessen mit höflicher Unterhaltung und musste sogar eine Vorstellungsrunde mit Leuten überstehen, die Holly, Nate und Alex aus Diamond Creek kannten. Sie unterhielten sich angeregt mit den Besitzern der Lodge, der Restaurantleiterin und ein paar anderen, die vorbeikamen, um sie zu begrüßen.

Am Aufzug angekommen, überlegte ich, ob ich tatsächlich einen Orgasmus bekommen könnte, nur durch das lange Sitzen neben Alex. Sobald sich die Fahrstuhltüren geschlossen hatten, griff ich nach Alex' Hand und zog ihn zu mir heran.

„Also gut, ich sag dir jetzt mal was. Als wir im Camp waren, warst du so ein Gentleman, dass du es nie zu weit hast kommen lassen. Aber das ist jetzt über ein Jahrzehnt her und du hast keine Ausreden mehr", verkündete ich und tippte mit meinem Zeigefinger leicht auf die Mitte seiner Brust.

Alex' Blick verdunkelte sich, und er fuhr sich mit der Zunge über die Zähne, während sich seine Lippen zu einem leichten Lächeln verzogen. „Klingt, als würden wir beide dasselbe wollen. Ich muss allerdings sagen, dass ich nie gedacht hätte, mal dafür getadelt zu werden, dass ich ein Gentleman bin. Wir waren jung."

„Ich schätze, das kann ich nachvollziehen. Damals, aber jetzt nicht mehr."

Daraufhin zog ich ihn näher zu mir heran. Er zögerte nicht, seinen Mund auf meinen zu legen. Wir setzten genau dort an, wo unser Kuss zuvor aufgehört hatte, und Alex übernahm fast sofort die Kontrolle. Der einst unerfahrene Junge war einem fordernden Mann gewichen, der die Initiative ergriff, und das gefiel mir.

Kapitel Sieben

ALEX

Delilah war warm und weich, und ihr Mund schmeckte nach Pflaumen, die noch vom Wein herrührten. Ihr Duft umwehte mich wie eine Droge. Eine Droge nur für mich, und ich war schon seit Jahren süchtig danach, obwohl ich sie die ganze Zeit über nicht gesehen hatte.

Ihre Zunge glitt über meine und ich krallte mich fester in ihr Haar, als sie sich mir entgegenstreckte. Als sie ein kleines Stöhnen von sich gab, knurrte ich im Gegenzug.

Ich brauchte sie ganz nah. Und zwar jetzt. Nachdem ich einen Schritt zurückgetreten war und mich aus unserem Kuss gelöst hatte, um nach Luft zu schnappen, zog ich sie an mich heran. Ohne zu zögern, schlang sie ihre Beine um meine Hüften und fuhr mit einer Fingerspitze über die Stoppeln an meinem Kinn.

„Nur eine Nacht", murmelte sie.

„Oh, Delilah, es wird weit mehr als nur eine Nacht."

Wir blickten uns gegenseitig an. Ich wusste, was ich fühlte. Damals, als ich kaum ein Mann und sie kaum eine Frau gewesen war, hatte ich keinen Zweifel daran, wie ich mich fühlte, wenn ich mit ihr zusammen war. Es hatte sich einfach richtig angefühlt. Dann verstrichen die Jahre und ich dachte, ich würde sie nie wiedersehen. Die ganze Zeit über fragte ich mich gelegentlich, ob mein Gedächtnis mir wohl einen Streich spielte.

Bis ich sie wiedersah, dann war es mit der Unsicherheit vorbei. Meine Erinnerung war genau richtig gewesen. Es mochte nur ein Abend vergangen sein, seit unsere Welten wieder aufeinandergeprallt waren, aber es fühlte sich an, als hätte sich ein fehlendes Teil in das Puzzle meines Lebens eingefügt.

Ich hielt sie fest und drehte mich so herum, dass sie mit dem Rücken an der Wand lehnte, während ich sie in meinen Armen hielt. Dann hob ich eine Hand und fuhr mit dem Daumen über ihre zarten Wangenknochen und über ihre vollen Lippen. „Ich weiß doch, dass es nicht nur an mir liegt. Also lass uns nicht so tun, als ob es sich nicht so anfühlt", murmelte ich.

Die Delilah, an die ich mich erinnerte, hatte eine zurückhaltende, vorsichtige Art gehabt. Diese Eigenschaft hatte sich mittlerweile etwas verfestigt, und ihre Abwehrhaltung wirkte inzwischen fast ein wenig harsch. Auch wenn ich ihre Lebensgeschichte nicht kannte, so kannte ich doch die Person, die sich dahinter verbarg, die Frau, die mich vor all den Jahren angezogen hatte und die mich jetzt noch stärker berührte.

In ihrem Blick flackerte Verletzlichkeit auf, als ich spürte, dass der Fahrstuhl zum Stehen kam. Ohne den Blick von ihr abzuwenden, griff ich zur Seite und drückte mit dem Daumen auf den mittleren Knopf, um die Türen geschlossen zu halten. Ich wollte nicht, dass dieser Augenblick unterbrochen wurde, weil er zu wichtig war.

„Alex", hauchte sie, und der heisere Klang ihrer Stimme steigerte die Lust, die mich antrieb, nur noch mehr. „Das ist doch Wahnsinn."

Ich schüttelte den Kopf. „Nein, ist es nicht. Ich war schon damals halb in dich verliebt, und ich habe dich nie vergessen, Delilah. Ich weiß, dass unsere Leben Welten auseinanderliegen, aber ich kann nicht so tun, als wäre das nur eine schnelle, heiße Nacht. Ich weiß doch, dass du das auch spürst", beharrte ich.

Dann ergriff ich ihre Hand, die zwischen uns auf meiner

Brust ruhte, und legte ihre Handfläche auf mein Herz, um sie dort festzuhalten. Mein Herz pochte laut und heftig.

„Du kennst mich nicht wirklich", erwiderte sie mit sanfter Stimme. Dann verzog sie den Mund zur Seite und ihr Blick war von Traurigkeit überschattet, bevor ein dunkler Schatten über ihr Gesicht glitt.

„Vielleicht kenne ich nicht alle Einzelheiten, so wie du nicht alle Einzelheiten meines Lebens kennst. Ich verlange ja keine Versprechen von dir. Ich möchte nur nicht von Anfang an einen falschen Eindruck erwecken."

Die Luft um uns herum flirrte, beladen mit jahrelangem Verlangen und verschwommenen Erinnerungen, die mit der Gegenwart zusammenprallten und Funken schlugen. Delilahs Lippen öffneten sich mit einem leisen Atemzug, bevor sie nickte.

Wie sie schon richtig angedeutet hatte, gab es vieles, was ich nicht über sie wusste. Aber ich wusste, dass sie die Art von Frau war, die ihre Karten so gut in der Hand hielt, dass sie sie manchmal nicht mal ausspielte. Ich fühlte einen Hauch von Sieg, als sich das Verlangen in ihren Augen widerspiegelte. So neigte ich mich vor, um ihre Lippen zu küssen. Wir schienen zu nichts anderem fähig zu sein, als zu heißen, wilden und feuchten Küssen, denn was als kurze Berührung gedacht war, verwandelte sich sofort, als ihre Zunge herausschnellte, um meine zu necken.

Das Klingeln des Aufzugs zeigte an, dass draußen jemand die Knöpfe drückte. Ich löste meine Lippen von ihren und ließ sie langsam nach unten gleiten. „Komm, wir sollten aufs Zimmer", murmelte ich, griff nach ihrer Hand und hielt sie fest, während ich auf den Knopf drückte und die Fahrstuhltüren aufglitten.

Wir stiegen schnell aus und eine Gruppe von Skifahrern strömte hinter uns herein. Unsere Schritte wurden auf dem mit Teppich ausgelegten Flur gedämpft, als ich fast zu unserem Zimmer rannte. Delilah hielt mühelos mit mir Schritt.

Sobald sich die Tür hinter uns geschlossen hatte, wandte sich Delilah zu mir um, befreite ihre Hand und schob ihre Hände unter mein Shirt. Ich atmete zischend durch meine Zähne.

Meine Kleine mochte vielleicht ein wenig kratzbürstig und zurückhaltend sein, aber wenn sie sich auf etwas einließ, war sie voll dabei.

Das Gefühl ihrer Handflächen auf meiner Haut beflügelte mich. Wir verschwendeten keine Zeit und zogen uns auf dem Weg zum Bett zwischen stolpernden Küssen und sogar einem Kichern von Delilah aus, als sie das Gleichgewicht verlor, während sie versuchte, einen ihrer Stiefel abzustreifen. Ich dankte den Sternen, dass die Lodge vor kurzem einen kleinen Laden für Reiseartikel eröffnet hatte. Also warf ich ein Kondom aus der kleinen Packung, die ich zuvor gekauft hatte, auf das Bett.

Ich war schon bis auf die Unterhose ausgezogen, als ich aufblickte und sah, wie sie sich mit den Fingern durch ihr zerzaustes Haar wuschelte. Ihr Anblick traf mich heftig, direkt in meinem Innersten.

Delilah war atemberaubend. Mit ihren schimmernden, fast schwarzen Haaren, die sie nicht einmal zu stylen brauchte, ihren tiefgrünen Augen und ihren ausdrucksstarken Gesichtszügen, den hohen Wangenknochen, dem markanten Kinn und den dunklen, leicht gewölbten Brauen. Sie strahlte Stärke aus, nur ihre vollen Lippen verliehen den klaren Konturen ihres Gesichts eine gewisse Sanftheit. Als sie jünger war, hatte sie etwas zarter gewirkt, aber jetzt war sie noch schöner. Für mich.

Ich hatte sie noch nie nackt gesehen, und sie war auch jetzt noch nicht ganz unbekleidet, aber ich hatte sie in den zwei Wochen des Camps fast jeden Tag im Bikini gesehen. Doch meine Erinnerung war verschleiert und verschwommen, und die Zeit hatte ihre Schärfe verwaschen. Sie war üppiger geworden, ihre Brüste waren größer und ihre Hüften breiter. Ihr Bauch hatte eine weiche Wölbung und ich wollte ihn am liebsten küssen. Ihre Beine waren lang und muskulös. Ihre Augen begegneten meinen, als sie zu ihrem Gesicht zurückwanderten.

Sie hatte eine Hand über den Rand ihres Höschens gestreift

und ich schüttelte den Kopf. „Noch nicht", sagte ich. „Komm her."

Sie zögerte nicht, kam näher an mich heran und hielt vor mir inne, wo ich am Fußende des Bettes stand. Meine Erregung spannte meine Boxershorts und ließ sie ganz eng werden. Ich wusste, dass das offensichtlich war, aber es kümmerte mich nicht.

„Also, sag mir – ganz ehrlich – hast du dich jemals gefragt?", wollte ich wissen.

Delilahs Augen suchten mein Gesicht ab. Ihre Zähne bohrten sich in die Ecke ihrer Unterlippe, sodass ich am liebsten wieder in die warme Süße ihres Mundes eingetaucht wäre.

Sie nickte langsam. „Aber natürlich habe ich das. Nur damit du es weißt, falls du mir jemals einen Brief geschickt hast: Meine Eltern sind aus unserer Wohnung geflogen, während ich im Camp war, also habe ich nie Post von dort bekommen."

Ich legte diese Kleinigkeit in meinem Hinterkopf ab, um sie später danach zu fragen. Zwar hatte ich nur eine ungefähre Vorstellung von ihrem Leben, aber ich ahnte, dass es nicht einfach gewesen sein musste. „Ich habe dir einen Brief geschickt und mich gewundert, warum du nie zurückgeschrieben hast."

Da hob sie ihre Schultern mit einem Atemzug und ließ sie langsam wieder sinken. „Man hat auf der Rückreise mein Gepäck verloren, also hatte ich auch deine Adresse nicht. Tut mir leid", meinte sie leise.

Ich erinnerte mich daran, dass ich sie nach ihrer Telefonnummer gefragt hatte, damit wir uns schreiben konnten, aber sie hatte kein Handy besessen. Ich begann zu begreifen, wie wenig sie wohl gehabt haben musste.

„Schon gut", sagte ich und trat näher heran. „Es sollte sich wohl alles genau auf diese Weise ergeben."

Dann machte sie noch einen Schritt und war nun ganz nah an mich herangerückt. Ihre Brustwarzen kitzelten mich durch die schwarze Spitze ihres BHs, als sie sich zu mir hochbeugte und ihre Hand in meinen Nacken legte. Ich brauchte keine weitere

Überzeugung. In einer heißen Sekunde war mein Mund auf ihrem und verschlang sie. Ich wollte sie am liebsten mit Haut und Haar verschlingen, aber das war nicht möglich. Also begnügte ich mich damit, mit meiner Hand über ihren Rücken zu gleiten, um ihren üppigen Po zu streicheln, und genoss ihr leises Stöhnen, als ich ihn ein wenig drückte. Sobald ich mein Knie zwischen ihre Schenkel schob, durchströmte mich ein zufriedenes Gefühl, als ich die feuchte Seide an meinem Bein spürte.

Ich küsste ihren Hals und genoss den salzigen Geruch ihrer Haut, während ich meine Finger zwischen ihre Schenkel schob. „Du bist ja klatschnass, Delilah. Ist das alles für mich?"

Sie schnappte nach Luft, als ich leicht in ihre Haut kurz unter dem Halsansatz kniff. Dann fuhr ich mit meinen Fingern über die feuchte Seide und drückte leicht auf ihre Klitoris, die so geschwollen war, dass man sie sogar durch ihr Höschen hindurch deutlich erkennen konnte.

„Was denkst du denn?", erwiderte sie neugierig.

Ich schmunzelte und spürte, wie sich auf ihrer Haut unter meinen Lippen eine Gänsehaut bildete, als ich mich zwischen ihren Brüsten nach unten bewegte. „Ich würde sagen, ja", erwiderte ich, bevor ich eine ihrer festen Brustwarzen in meinen Mund saugte. Sie schrie auf und verschränkte ihre Finger in meinen Haaren, während ich meine Zunge um sie herumwirbelte, bevor ich mich ihrer anderen Brust zuwandte.

Da ich nicht damit gerechnet hatte, Delilah jemals wiederzusehen, waren alle meine Fantasien über sie nur noch verschwommen. Sie hier in meinen Armen zu haben, die mich mit jedem ihrer Geräusche in den Wahnsinn trieb, hieß, dass ich nicht mehr in der Lage war, das Geschehen zu steuern.

Sie musste nun splitterfasernackt und eng mit mir umschlungen sein. Nur so konnte ich die Lust, die mich mit einer unbändigen Kraft antrieb, in die Schranken weisen.

Ich hob meinen Kopf und löste den Verschluss zwischen ihren Brüsten. Dabei stöhnte ich fast laut auf, als ihre Brüste freikamen und ihre Nippel von meiner Aufmerksamkeit ganz rosa und feucht wurden. Sie zuckte leicht mit ihren Schultern, und der BH fiel neben uns auf den Boden.

Ich hob sie hoch, setzte ihre Hüften auf dem Bett ab und stützte meine Hände auf beiden Seiten ab, sodass mein Gesicht nur noch wenige Zentimeter von ihrem entfernt war. „Das ist deine Gelegenheit", stieß ich mit heiserer Stimme hervor.

„Meine Gelegenheit wofür?"

Mir entging nicht, wie sich ihre Schenkel leicht bewegten und ich stellte mir vor, wie alles hin und her rutschte, weil sie so verdammt feucht war.

„Mir zu sagen, dass du das nicht möchtest."

Erneut bewegten sich ihre Schenkel und ihr Blick hielt den meinen fest, während sie den Kopf schüttelte.

„Heißt das 'Nein, du möchtest das nicht' oder 'Nein, du möchtest diese Gelegenheit nicht wahrnehmen'?"

Da hob sie eine Hand und strich mit der Fingerspitze über meine Lippen. „Um auf deine Frage von vorhin zurückzukommen: Ich bin so feucht."

Verdammt! Ich hätte ja nicht gedacht, dass es möglich war, bei Delilah die Oberhand zu behalten, wenn ich doch schon fast ein Sklave meines Verlangens nach ihr war, aber das kümmerte mich nicht.

Ich schenkte ihr einen heftigen Kuss, bevor ich ihre Schenkel auseinanderdrückte und mich vor ihr hinkniete. Die Seide ihres Höschens war klatschnass, während ich mit meinen Fingern darüber strich. Ich betrachtete ihr Gesicht und genoss den Anblick, als sie sich in die Lippe biss und ein leises Wimmern ausstieß, während ich meinen Finger in den Rand der Seide einhakte und sie zur Seite schob. Ihre Pussy war rosa, feucht und schimmerte.

Ich wartete nicht, sondern beugte mich vor und leckte ihre Falten, sodass sie schrill aufschrie und sich mit einer Hand an der Bettdecke und mit der anderen an meinem Haar festhielt. Anschließend versenkte ich einen Finger und dann noch einen in ihrem glitschigen Kanal, während ich ihre Essenz probierte. Sie war so willig, keuchte laut und murmelte meinen Namen, während sich ihr Kanal um meine Finger krampfte.

Schon nach wenigen Sekunden spürte ich, wie sie sich immer mehr zusammenzog und das Beben immer stärker wurde. Ich ließ meine Zunge um ihre Klitoris wirbeln und saugte leicht daran. Ihr ganzer Körper spannte sich an. „Alex!", schrie sie und zog mir so stark an den Haaren, dass es ein wenig brannte. Doch das kümmerte mich nicht. Ich genoss den Schmerz.

Dann hob ich meinen Kopf und ließ ihren Anblick auf mich wirken. Ihre Haut war taufrisch, und ihre Brüste hoben und senkten sich mit jedem Atemzug. Schließlich öffnete sie die Augen, ihr Blick war dunkel und verschwommen.

„Ich brauche dich jetzt in mir", stellte sie unumwunden fest.

Das war mal eine Ansage. Ich erhob mich, schob meine Unterhose nach unten und griff nach dem Kondom, das ich auf das Bett geworfen hatte, während sie aus ihrem Slip schlüpfte. Ich rollte mir das Kondom über, bevor ich ein Knie auf das Bett senkte.

Sie wich zurück, während ich mich über sie erhob. „Warte mal", murmelte ich und versuchte, mein Gewicht vorsichtig nach unten zu verlagern.

„Oh nein, das tust du nicht", keuchte sie unbeherrscht.

Ich konnte das Lachen nicht unterdrücken. „Keine Sorge, ich mache keinen Rückzieher. Ich möchte nur feststellen, wie du am besten auf meinem Schwanz kommst."

Delilah biss sich auf die Lippe, während ich uns auf die Seite drehte und mich mit dem Rücken an die Kissen lehnte. Ihre Brüste berührten meinen Oberkörper, als sie ihre Hüften leicht anhob.

„Nächstes Mal können wir es langsam angehen", murmelte sie, während sie zwischen uns griff und meinen Schwanz an ihrem Eingang ansetzte.

Als ich den Kuss der glitschigen Erregung ihrer Pussy spürte, ließ ich meinen Kopf gegen das Kopfteil sinken und umklammerte fest ihre Hüften. Sie schob mich langsam in ihr Inneres, und ihre enge, geballte Hitze brachte mich fast sofort um den Verstand. Nachdem sie ganz nach unten gesunken war und ich bis zum Anschlag in ihr steckte, hob sie ihren Blick.

Es fühlte sich an, als ob eine Art Stromschlag uns durchfuhr. In Delilah zu sein, war wie nach Hause zu kommen. Nichts in meinem Leben hatte sich je so gut angefühlt.

Ihre Augen weiteten sich, bevor sie ihre Hüften wieder in Bewegung setzte und leicht wippte. „Alex", hauchte sie.

„Ich weiß."

DELILAH

Beim Blick in Alex' dunkle Augen pochte mein Herz so stark und schnell in meiner Brust, dass jeder Schlag in meinem ganzen Körper widerhallte. Diese nahtlose Vereinigung fühlte sich fast unwirklich, urgewaltig und natürlich an.

Es war schon eine Weile her – eine ganze Weile –, dass ich Sex gehabt hatte. Alex war groß und lang und dehnte mich so sehr, dass es leicht brannte, obwohl ich keine Jungfrau mehr war.

Tränen stachen mir in die Augen, während ich von meinen Gefühlen übermannt wurde. Da war das Verlangen, und dann war da diese wilde, unglaubliche Intensität, die ich bei Alex spürte.

Plötzlich hielt er ganz still. Das Gefühl seiner Finger, die meine Haut umschlossen, war der einzige Anker in dem Sturm von Gefühlen, der in mir tobte. Dann lockerte er seinen Griff an einer Hüfte, seine Hand glitt meine Seite hinauf und sein Daumen streichelte kurz meine Brustwarze, die angespannt war und brannte. Anschließend strich er mir die Haare aus dem Gesicht.

„Delilah", murmelte er rau.

Obwohl ich mich innerlich wie aufgewirbelt fühlte, hatte ich, sobald ich ihm in die Augen schaute, das Gefühl, dass sich dieser

Augenblick beruhigte, dass er ganz entspannt und durch und durch richtig war. Ich beugte mich leicht vor und drückte meine Lippen auf seine, nur für einen kurzen Kuss. Zwischen uns knisterte es, und seine Hand fuhr in mein Haar. Seine Zunge liebkoste meine, langsam und sinnlich, während er seine Hüften wiegte und sich tiefer in mich versenkte.

Ich keuchte auf, während meine Klitoris gegen sein Becken drückte und dabei gerade so viel Reibung erzeugte, dass ein heftiger Lustschauer mich durchfuhr. Er lehnte seinen Kopf zurück gegen das Kopfteil, als ich mich mit einem weiteren Keuchen löste.

Sein Blick war schwer und enthielt eine Spannung, die mein Herz noch mehr zum Pochen brachte. Da löste sich seine Hand aus meinen Haaren und griff wieder nach meinen Hüften, als ich mich dem Drang nach Bewegung hingab.

Ich richtete mich auf und ließ mich wieder auf seine Länge sinken, um ihn in meinem Inneren zu verschlingen und schrie auf, während er sich mir entgegenstreckte. Jetzt war ich so nah dran. Jedes Mal, wenn ich mich ihm hingab, durchströmte mich die Lust wie eine heranrollende Welle. Ich spürte, wie ich mich zusammenzog und hörte, wie er meinen Namen murmelte.

„Komm schon, Baby, lass los. Ich muss spüren, wie du vor Lust zerspringst."

Er griff zwischen uns und fuhr mit seinen Fingern über die Stelle, an der wir miteinander verbunden waren. Da brach die Welle über mich herein und ließ meinen Körper vor Lust erbeben, während ich mich an ihn klammerte. Ich spürte, wie er sich anspannte und seine Hand meine Hüfte umfasste, als er meinen Namen in einem rauen Schrei ausstieß. Dann pulsierte die Hitze seines Schwanzes in mir, und ich sackte gegen ihn zusammen, während sich seine Arme um mich legten und mich festhielten.

Als ich allmählich wieder zu Atem kam, spürte ich den Schlag seines Herzens gegen meines. Ich war völlig ausgepowert und vollkommen satt. Die Lust durchzuckte mich in kleinen Nachbeben. Ich wollte mich nicht mehr bewegen. Nie wieder.

Nachdem wir uns voneinander gelöst hatten, überredete Alex mich, mit ihm zu duschen. Und ich ließ mich nicht lange bitten.

Schließlich schlief ich mit einem Bein über seinem ein, und er legte seinen Arm um meine Schultern und drückte mich fest an sich.

Kapitel Neun

ALEX

Die Lichter vor den Fenstern warfen ihren Schein auf den herabfallenden Schnee an der Ski-Lodge. Delilah lachte über etwas, bevor sie einen Schluck von ihrem Wein nahm.

„Ich gehe mal schnell auf die Toilette", verkündete Delilah, während sie ihr Glas absetzte. „Bin gleich wieder da."

In dem Augenblick, in dem Delilah außer Hörweite war, zog meine Schwester meinen Blick auf sich. „Delilah ist klasse, und du bist sowas von erledigt", stellte Holly mit einem breiten Grinsen fest und ihre braunen Augen funkelten.

„Oh, er ist nicht bloß erledigt", fügte Nate hinzu. „Du, mein Freund, bist ihr heillos verfallen."

Ich zuckte mit den Achseln und hielt es nicht für nötig, das zu bestreiten. „So ist es. Ich muss nur noch Delilah davon überzeugen, dass das Ganze nicht völlig abwegig ist." Hollys Augen strahlten. „Fängst du jetzt gleich an zu heulen?"

Nate grinste, legte seinen Arm um ihre Schultern und drückte ihr einen Kuss auf die Wange. „Sie wird eben immer ganz gerührt, wenn es um die Liebe geht. Das weißt du doch."

„Glaubst du, sie würde hierherziehen?", fragte Holly.

„Vielleicht", antwortete ich und dachte an die letzte Woche

zurück. Die gestohlene Zeit über die Feiertage hatte mein Herz ganz schön aufgewühlt. Was eigentlich ein Skiausflug mit Freunden und Familie hätte sein sollen, um gemeinsam Weihnachten zu genießen, war zu so viel mehr geworden. Meine Nächte waren voll von Delilah, und mir war klar, dass ich mich hoffnungslos in sie verliebt hatte. Auch wenn das alles viel zu früh und zu verrückt erschien.

Unsere Bedienung sah kurz nach uns, und ich blickte auf, als ich Delilah auf uns zukommen sah. Ihr dunkles Haar schimmerte unter den festlichen Lichtern, die im Restaurant verteilt waren. Sobald ihr Blick durch den Raum meinen traf, schlug mein Herz heftig gegen meine Rippen.

Stunden später stand Delilah vor den Fenstern unseres Zimmers, während draußen leichter Schnee fiel. Ich hob den Mistelzweig hoch, den ich mit Marleys Erlaubnis aus dem Restaurant der Lodge geklaut hatte. Ich hatte ihr versichert, dass es für einen guten Zweck war.

Als ich neben Delilah stehen blieb, legte ich ihr von hinten eine Hand um die Taille und ließ meinen Kopf in die weiche Kurve ihres Halses sinken, wo ich sie ein paar Mal küsste.

„Hey", murmelte ich.

„Hey, du", antwortete sie, und der sanfte Klang ihrer Stimme war mir inzwischen nur allzu vertraut. Ich hatte mich so sehr in sie verliebt, dass ich gar nicht wusste, wie ich damit umgehen sollte.

Als sie den Kopf zurückwarf und mich ansah, hielt ich den Mistelzweig hoch. „Ich glaube, das bedeutet, dass du mich jetzt küssen musst."

Da verzogen sich ihre Lippen zu einem Lächeln und ihre Schultern bebten vor Lachen. „Seit wann brauchst du denn einen Mistelzweig, damit ich dich küsse?"

„Ich wollte mich einfach nur auf die Feiertage einstimmen." Dabei drückte ich ihr einen weiteren Kuss auf den Hals und hob meinen Kopf, um ihre Lippen auf meine zu ziehen. „Frohe Weihnachten", murmelte ich lächelnd, als ich mich von ihr löste.

Sie neigte ihren Kopf zur Seite und ihr Lächeln wurde noch breiter. „Frohe Weihnachten."

Kapitel Zehn

ALEX

Januar

„Delilah, so muss es doch gar nicht sein", betonte ich.

Delilah hob ihre dunklen Wimpern und ihr scharfer Blick aus ihren tiefgrünen Augen suchte mein Gesicht. Mein Herz fühlte sich wie zugeschnürt an. Obwohl wir zwei unglaubliche Wochen miteinander verbracht hatten, wollte meine Kleine nicht wahrhaben, dass wir daraus mehr als nur einen Urlaubsflirt machen könnten.

Sie verzog die Lippen, hob ihre Hand und fuhr mit dem Daumen leicht an meinem Kinn entlang. „Alex, du lebst hier. In Alaska. Ich dagegen in North Carolina. Diese beiden Orte sind unendlich weit voneinander entfernt. Die letzten zwei Wochen waren unglaublich und ich werde sie auch nie vergessen, aber machen wir uns doch nichts vor."

Ich ließ ihre Tasche aus meiner Hand gleiten. Das leise Aufschlagen auf dem Fliesenboden des Flughafens war wie ein Echo meines Herzschlags. Ich trat näher an sie heran, fuhr mit den Fingern durch ihr dunkles, seidiges Haar und schob meinen anderen Arm um ihre Taille, während ich ihren Körper an meinen heranführte.

„Wir machen uns überhaupt nichts vor", betonte ich.

Ein Blick, den ich inzwischen gut kannte, ging über ihr Gesicht, wie ein Schatten, der die Sonne verdunkelte. „Ich bin eine Niete im Verabschieden", murmelte sie. Dann löste sie ihren Blick von mir und drückte ihre Stirn gegen meine Brust, genau über meinem Herzen. Ich spürte, wie ihre Hand auf meinem Rücken auf und ab glitt, fast so, als wollte sie mich trösten.

Als sie ihr Gesicht wieder hob, waren ihre Augen geschlossen und ihr Kinn war trotzig vorgereckt. „Ich werde dich vermissen", stieß sie schlicht hervor, bevor sie sich vorbeugte und ihre Lippen schnell an meine schmiegte.

„Ich dich auch." Ich versuchte, sie zu halten, aber Delilah war fest entschlossen, diesen Augenblick nicht in die Länge zu ziehen.

Abrupt wich sie zurück und schnappte sich ihre Tasche. „Ich rufe dich an, sobald ich gelandet bin."

„Delilah ...", begann ich.

Doch sie ging schon rückwärts davon, legte ihre Fingerspitzen auf ihre Lippen und hauchte mir einen Kuss zu. „Ich werde dich vermissen, Alex", rief sie.

Ich begann, mich in ihre Richtung zu bewegen, aber leider hatte ich sie schon so weit wie möglich begleitet. Wir befanden uns gerade vor dem Sicherheitsbereich des Flughafens. Ein finsterer Sicherheitsbeamter hielt seine Handfläche hoch. „Tut mir leid, Sir, Sie müssen hier hinten warten, es sei denn, Sie reisen selbst."

Niedergeschlagen sah ich zu, wie Delilah verschwand. Der Flughafen in Anchorage war heute Morgen nicht überfüllt. Es dauerte nur ein paar Minuten, bis ihr dunkler Kopf verschwand, nachdem sie durch die Sicherheitskontrolle gegangen war. Sie blickte nicht mal zurück.

Ich wandte mich ab und trottete durch den Flughafen,

während sich ein wehmütiges Gefühl in mir breitmachte. Als ich nach draußen trat, war es immer noch dunkel und die Luft war beißend kalt. Im Januar war es in Anchorage nie warm. Heute Morgen hatte es mit dem eisigen Wind bestimmt einige Grad unter null.

Es würde noch einige Stunden dauern, bis die Sonne aufging. Im Augenblick glitzerten die Sterne über mir, als ich in meinen Truck stieg und die Fahrt zurück nach Willow Brook antrat.

Ich wusste zwar noch nicht wie, aber ich wollte Delilah unbedingt davon überzeugen, dass es sich lohnen würde, der Sache zwischen uns eine Chance zu geben.

———

„Ich glaube an die Liebe, Alex, aber du kannst doch nicht erwarten, dass Delilah eine Fernbeziehung in Erwägung zieht, ohne dass du ihr sagst, was du fühlst", antwortete Holly.

„Das habe ich doch", widersprach ich ihr.

„Was du für wen empfindest?", fragte Janet, die neben unserem Tisch stehen blieb und meinen Bagel mit Frischkäse und Hollys Croissant servierte.

„Alex ist verliebt, aber er sagt das L-Wort nicht", meinte Holly spitzbübisch, bevor sie in ihr Croissant biss und mich Janets neugierigen Blicken auslieferte.

Wir frühstückten im Firehouse Café. Janet war die Besitzerin, und ich kannte sie schon mein ganzes Leben lang. Ihr silberner Zopf war auf ihrem Kopf zu einem Kreis geflochten und ihre runden Wangen verzogen sich zu einem Lächeln, während sie mich musterte.

„Du bist verliebt? Erzähl mir alles. Und wieso habe ich nicht früher davon erfahren?", forderte Janet.

Ich versuchte nicht mal, mein Seufzen zu verbergen. „Als wir über die Feiertage in der Ski-Lodge in Diamond Creek waren, bin ich einer Frau begegnet, die ich noch aus der Highschool kenne."

„Oh, sie ist aus Willow Brook?", erwiderte Janet.

Ich weigerte mich, meine Schwester anzusehen, weil ich wusste, dass es ihr Spaß machte, mich auf diese Weise in Verlegenheit zu bringen. „Nein, Delilah ist nicht aus Willow Brook. Ich habe sie im Sommer kennengelernt, als ich zum Camp nach Colorado gefahren bin."

„Und ihr beide seid über Weihnachten zusammen in der Last Frontier Lodge gelandet? Oh, das fühlt sich ja an wie eine Fügung des Schicksals." Janet legte ihre Hand auf die Brust über ihrem Herzen, während sie mich anschaute.

Ich nahm einen Schluck von meinem Kaffee, bevor ich antwortete: „Sie sieht das allerdings nicht so. Sie ist zurück nach North Carolina und findet es total abwegig, dass ich es mit einer Fernbeziehung versuchen möchte."

Holly hatte aufgehört zu kauen und meldete sich nun ebenfalls zu Wort. „Aber Alex hat Delilah nicht gesagt, dass er in sie verliebt ist", stellte sie spitz fest. „Ich habe ihm klargemacht, dass er nicht erwarten kann, dass sie es mit ihm versuchen möchte, wenn er seine Gefühle nicht offen zugibt."

„Danke für diesen äußerst hilfreichen Beitrag", murmelte ich.

Janet sah mit einem liebevollen Grinsen zwischen uns hin und her. „Vielleicht war er noch nicht bereit. Aber einen Versuch wäre es allemal wert", erwiderte sie, als jemand aus der Küche ihren Namen rief. Mit einem Klaps auf meine Schulter eilte sie davon.

Hollys abschätzende braune Augen musterten mich. „Sie hat Recht. Einen Versuch wäre es allemal wert."

„Warum stürzt du dich eigentlich so auf das L-Wort?", fragte ich, ehrlich neugierig. Ich wollte nicht weiter darüber nachdenken, dass es mich im Nacken juckte, wenn mir dieses Wort nur in den Sinn kam.

„Weil ich dich noch nie so mit einer Frau gesehen habe. Noch nie. Vielleicht ist es noch zu früh, und das kann ich gut verstehen. Aber du kannst doch nicht erwarten, dass sich jemand um eine Beziehung bemüht, wenn ihr beide so weit voneinander entfernt seid, und du ihr nicht zeigst, dass du es ernst meinst.“

Ich nahm einen Bissen von meinem Bagel und kaute, während ich über ihre Worte nachdachte. Anschließend nickte ich. „Ich verstehe, was du meinst. Und obwohl ich mir noch nicht sicher bin, wie ich das anstellen soll, werde ich Delilah heute Abend anrufen.“

Holly aß ihr Croissant auf und stellte ihre leere Kaffeetasse auf den Teller. „Gut. Denn ich muss jetzt zur Arbeit.“

Holly stand vom Tisch auf und streifte sich eine Jacke über ihren Kittel. Sie war Krankenschwester in der Notaufnahme in Willow Brook. Mit einem kurzen Lächeln und einem Winken eilte sie davon. Ich verzehrte meinen Bagel allein und wünschte mir, Delilah wäre hier bei mir.

„Alex!“, rief eine Stimme. Es war Stunden später, und ich war voll mit der Arbeit beschäftigt.

Ich erkannte die Stimme nicht, weil ich meinen Kopf im Motorraum eines kleinen Flugzeugs vergraben hatte. Schnell zog ich die Schraube an dem Teil fest, das ich gerade ausgetauscht hatte. Dann trat ich zurück, richtete mich auf und schnappte mir den Lappen auf dem Hocker neben mir, um mir die Hände abzuwischen.

Als ich aufblickte, sah ich Nate auf mich zukommen. „Da bist du ja“, rief er, während er von der Tür des Flugzeughangars zu mir herüberkam, wo ich gerade arbeitete.

„Allerdings“, stichelte ich, während ich den Lappen auf den Boden warf und nach meiner Wasserflasche griff, um einen Schluck zu nehmen. „Was gibt’s?“

„Ich habe mich gefragt, ob du heute wohl etwas Zeit hast, dir eines meiner Flugzeuge anzuschauen. Es gibt da ein Problem mit einem Kühlgebläse.“

„Natürlich. Für dich habe ich immer Zeit.“

Nate grinste. „Davon gehe ich nicht unbedingt immer aus.“

„Alter, wir sind seit unserer Kindheit beste Freunde und jetzt bist du mit meiner Schwester verheiratet. Holly würde mir in den Arsch treten, wenn ich mir keine Zeit für dich nehmen würde."

Nate zuckte mit den Schultern. „Vielleicht. Aber ich bezahle dich trotzdem."

Ich gluckste. „Ich weiß. So ein Idiot bin ich dann auch wieder nicht." Mit einem Blick auf meine Uhr fügte ich hinzu: „Ich habe jetzt eigentlich Zeit. Heute ist nicht ganz so viel los. Lass mich nur schnell meine Hände waschen und dann können wir auch schon zu deinem Hangar gehen."

„Prima." Nate begleitete mich und ich trat an ein Waschbecken in der Ecke. Schnell seifte ich meine Hände mit dem zitronigen Reinigungsmittel ein, das den Schmutz von der morgendlichen Arbeit an den Motoren lösen sollte. Als Flugzeugmechaniker in Alaska hatte ich das Glück, meine eigene Werkstatt zu führen und mir im Grunde die Arbeit zu nehmen, die ich wollte. Alaska hatte ein dichtes Netz von kleinen Flughäfen – wobei ich den Begriff „Flughafen" nicht ganz ernst nahm –, da viele Gebiete des Staates nicht an das Straßennetz angeschlossen waren.

Ich hatte Verträge mit den großen Fluggesellschaften in Anchorage und Fairbanks, aber meinen Lebensunterhalt verdiente ich mit der Arbeit an kleinen Flugzeugen, die über den gesamten südlichen Teil Alaskas verstreut waren. Nate war Pilot, genau wie ich, aber ich war nur in der Freizeit unterwegs. Er hingegen betrieb ein Unternehmen, das Flüge für die Feuerwehrleute in Willow Brook durchführte. Er war einer der vielen Piloten, die Brände aus der Luft bekämpften und Löschmittel und Wasser an heißen Stellen abwarfen, wenn in den langen, trockenen Sommern in Alaska Brände ausbrachen.

Nate hatte mehrere Flugzeuge auf dem Flugplatz von Willow Brook untergestellt. Er führte mich zu dem größten Hangar, in dem zwei seiner Flugzeuge standen.

„Was könnte wohl das Problem sein?", fragte ich, als er den Motorraum öffnete.

„Ich bin mir nicht sicher. Das Gebläse hört sich einfach nicht richtig an. Ich nehme die Maschine diese Woche nicht in Betrieb, bis du sie dir ansehen kannst."

„Lass mich mal sehen." Einen Augenblick später erkannte ich die lockere Schraube, mit der das Gebläse befestigt war. Ein genauerer Blick zeigte, dass sie verrostet war. „Du hattest Recht mit dem Geräusch. Ich vermute, das bringt die Rotation ein wenig durcheinander", vermutete ich. „Ich tausche das Gebläse später aus. Es ist zwar nur die Schraube, aber es ist vernünftiger, das ganze Ding zu ersetzen. Ich habe zufällig eins auf Lager."

Nates Magen knurrte hörbar, als ich mich aufrichtete. „Hungrig?", neckte ich ihn.

„Hat mein Magen nicht gerade deine Frage beantwortet?" Er verdrehte die Augen.

Ich gluckste. Scheint so. „Warum gehen wir nicht essen? Und heute Nachmittag kümmere ich mich um das Gebläse."

Kurzerhand ließ ich mich zum zweiten Mal in dieser Woche auf einem Stuhl an einem kleinen runden Tisch im Firehouse Café nieder. Die Auswahl an Restaurants in Willow Brook war nicht besonders groß, aber das Firehouse Café war mir am liebsten. Es befand sich in der ursprünglichen Feuerwache der Stadt und war zu einem hübschen kleinen Café mit Kunstwerken an den Wänden und Janets freundlicher Ausstrahlung umgebaut worden.

Mit einem breiten Lächeln für uns beide kam sie an unseren Tisch. „Hey, Jungs, wollt ihr die Tagesgerichte hören?"

„Immer", antwortete Nate.

Janet ratterte die Empfehlungen herunter. Sobald sie damit fertig war, erwiderte ich: „Ich nehme den Balsamico-Ahornlachs-Burger mit normalen Pommes."

„Für mich das Gleiche", fügte Nate hinzu.

„Und Kaffee?", erwiderte Janet, während sie unsere Bestellungen auf ihrem kleinen Notizblock festhielt.

„Klar doch. Einfach nur den Hauskaffee."

Nachdem Nate zustimmend genickt hatte, eilte Janet los.

Das Café war an diesem Nachmittag ziemlich voll, aber das war an jedem Tag so, an dem es geöffnet war.

„Holly hat mir erzählt, dass du Delilah vermisst", begann Nate und kam damit direkt auf das Thema zu sprechen, das mir einfach nicht aus dem Kopf ging.

„Weißt du, der größte Nachteil daran, dass ihr beide zusammen seid, ist, dass ihr euch jetzt alles erzählt.", murmelte ich.

Nate schenkte mir ein freches Grinsen. „Na und? Aber darum geht es ja gar nicht. Sondern darum, was zur Hölle du jetzt mit Delilah vorhast."

Wenn ich mit irgendjemandem darüber reden wollte, dann nur mit Nate. „Als sie abgehauen ist, habe ich ja noch versucht, sie zu überreden ..."

Nate schaltete sich sofort ein. „Ja, so eine Art Fernbeziehung. Alter, du bist in Alaska und sie ist in North Carolina. Wenn du möchtest, dass das auf Dauer klappt, dann muss sie hierherziehen, oder du dorthin."

Ich wusste nicht, wie ich das Gefühl beschreiben sollte, das mich überkam. Eine Mischung aus Vorfreude und Angst, vielleicht mit einem Hauch von Furcht. Ich war es nicht gewohnt, irgendetwas aufs Spiel zu setzen. Ehrlich gesagt hatte ich das noch nie in Erwägung gezogen, wenn es um eine Beziehung ging.

Doch Delilah verfolgte mich seit jenem Sommer in meinen Erinnerungen. Bis unsere Welten wieder aufeinandergetroffen waren, hatte ich das Ganze als reinen Zufall abgetan. Aber wollte ich sie nun wirklich gehen lassen?

Nates Blick verdüsterte sich, als er mich über den Tisch hinweg musterte.

„Du machst keine Witze, oder?", begann ich.

„Nein. Du bist mein bester Freund. Über sowas würde ich keine Witze machen. Natürlich möchte ich nicht, dass du nach North Carolina ziehst, aber es ist doch offensichtlich, dass dir Delilah wahnsinnig wichtig ist. Es wäre doch bescheuert, sie einfach so ziehen zu lassen."

„Seit wann bist du denn ein Experte für Liebessachen?"

Nate neigte den Kopf zur Seite, mit einem wissenden Funkeln in seinem Blick. „Ich behaupte ja gar nicht, Experte zu sein, obwohl ich mehr davon verstehe als du. Für dich war noch keine was wirklich Ernstes. Ich kenne dich so gut, dass ich genau weiß, dass dir das zu schaffen macht. Unternimm doch endlich was."

„Das würde ich ja gerne", antwortete ich und fuhr mir mit der Hand durch die Haare, während ich mich in meinem Stuhl zurücklehnte.

In diesem Augenblick kam Janet mit unseren Kaffees und stellte sie zusammen mit zwei Gläsern Wasser ab. „Euer Essen ist gleich fertig", verkündete sie, bevor sie eilig davonlief.

Zu meinem Glück wurde ich heute Nachmittag nur von Nate in die Mangel genommen. Janet war viel zu beschäftigt, um mitzumachen, so wie damals, als ich zum Frühstück hier war.

„Ich kann mir einfach nicht vorstellen, nach North Carolina zu ziehen. Ich liebe mein Leben hier", stellte ich nach ein paar Schlucken Kaffee fest.

Nate nahm einen Schluck seines Kaffees, sein Daumen fuhr über den Henkel der Tasse, während er sie abstellte und zu mir herübersah. „Das ist vielleicht auch gar nicht notwendig. Aber wenn du möchtest, dass Delilah dich nicht nur als eine Urlaubsliebe ansieht, musst du bereit sein, auch etwas dafür aufs Spiel zu setzen. Um ehrlich zu sein, finde ich, dass es durchaus einen Versuch wert ist, aber ich könnte auf keinen Fall auf Dauer eine Beziehung eingehen, bei der Holly Tausende von Kilometern entfernt ist. Ich würde verdammt noch mal umziehen, wenn das nötig wäre, um mit ihr zusammen zu sein. Du kannst nur versuchen, alle Möglichkeiten in Betracht zu ziehen."

Da sah ich zu meinem ältesten Freund hinüber und nickte langsam. „Ich denke darüber nach."

Kapitel Elf

DELILAH

Februar

Ich tippte auf den Knopf, um mein Auto auszuschalten. Der Motor hörte auf zu dröhnen, und es wurde ganz ruhig um mich herum. Die Bäume waren leicht mit Schnee bedeckt, ihre Äste waren kahl und hoben sich deutlich vom grauen Himmel ab. Vor mir erhob sich das Haus meiner Eltern.

Sie lebten nun schon seit fünf Jahren in diesem Haus, so lange wie nirgendwo sonst. Überraschenderweise gehörte es ihnen und das kleine Grundstück, auf dem es stand. Daraus schöpfte ich einen gewissen Trost.

Dieser Trost wurde jedoch von einem gewissen Schmerz begleitet. Die beiden besaßen das Haus und das Grundstück, weil meine Großmutter es meiner Mutter in ihrem Testament vermacht hatte, als sie verstorben war. Ich vermisste meine Gram sehr. Sie war die wichtigste Bezugsperson in meiner gesamten Kindheit gewesen. Kaum hatte ich an sie gedacht, kam mir auch schon Alex in den Sinn.

Es ärgerte mich fast, dass ich mich an ihn erinnerte, wenn ich jetzt an sie dachte. Gram war der Grund, warum ich seinerzeit in das Camp in Colorado gefahren war. Sie hatte sich zu mir gesetzt und mir geholfen, die Bewerbung fertigzustellen. Mein Vertrauenslehrer hatte die Unterlagen wohlweislich an sie geschickt und nicht an meine Eltern. Denn meine Eltern waren nicht gefestigt genug, um an einem Ort zu bleiben, als ich aufgewachsen bin. Jetzt, wo sie keine Miete mehr zahlen mussten, spielte das keine Rolle mehr.

Wenn ich an Alex dachte, durchfuhr mich eine so heftige Sehnsucht, dass ich körperliche Schmerzen in meinem Herzen spürte. Doch ich atmete mehrmals tief durch und vertrieb den Schmerz.

Meine Autotür knarrte ein wenig, als ich sie aufstieß. Die schneebedeckten, toten Blätter knirschten unter meinen Stiefeln, während ich mich der Veranda näherte. Ich klopfte vorsichtig an, bevor ich den Türknauf herumdrehte und rief: „Mom? Dad? Ich bin's."

„Hey, Schatz", rief meine Mom aus der Küche.

Ich schloss die Tür hinter mir und ließ meinen Blick durch das vertraute Wohnzimmer schweifen. Alle Möbel waren noch genauso wie zu Lebzeiten meiner Großmutter. Es gab eine gepolsterte Couch und zwei Stühle, die sie flankierten. Sie hatte diese Art von Landhausstil geliebt. Außerdem hatten die Vorhänge niedliche Kirschen drauf. Alles war ein wenig verstaubt.

Das Gesicht meiner Mutter erschien im Torbogen zwischen dem Wohnzimmer und der Küche. „Kaffee?"

„Sehr gerne." Ich klopfte mir den Schnee von den Stiefeln und zog sie an der Tür aus, während ich mich aus meiner Jacke schälte.

Meine Mutter füllte gerade zwei Tassen mit Kaffee, als ich die Küche betrat. „Setz dich doch", sagte sie und deutete auf den runden Tisch an den Fenstern.

Die Aussicht hier war wunderschön. Dieses kleine Grundstück lag auf einer Seite des Stolen Hearts Valley. In der Ferne erstreckten sich die Blue Ridge Mountains, und das Tal breitete sich über den Rand des Hofes aus. Der berühmte blaue Dunst war heute in grauen und silbernen Tönen gehalten. Beim Anblick der Berge musste ich auch an Alex denken.

Die schroffen, prächtigen Berge in Alaska waren genauso schön wie die Blue Ridge Mountains, und doch fühlten sie sich so anders an. Hier schien es, als würde man von den sanften Hügeln umarmt werden. In Alaska ragten die Berge hoch und dunkel in den Himmel. Sie wirkten fast wie aus einer anderen Welt und waren so mächtig, dass sie einem das Gefühl gaben, als Mensch unglaublich klein zu sein.

Ich verdrängte die Gedanken an Alex aus meinem Kopf. Allerdings machte er es mir nicht gerade leicht, ihn zu vergessen. Er schrieb mir jeden Tag eine SMS und rief auch jeden Abend an. Das gefiel mir und ich hasste es, wie sehr ich es mochte.

Meine Mutter ließ sich mir gegenüber nieder und strich sich ihr dunkles, von Silber durchzogenes Haar aus den Augen. Unsere Haare hatten den gleichen Farbton. Ihre klaren grünen Augen leuchteten wie immer. „Wie geht es dir?", fragte sie, als sie mir meine Tasse mit schwarzem Kaffee reichte.

„Gut. Viel zu tun." Ich nahm einen Schluck und genoss den kräftigen Geschmack. „Guter Kaffee", fügte ich hinzu, während ich meine Tasse auf den Tisch stellte.

„Seit du aus Alaska zurück bist, bist du so schwermütig", stellte sie fest.

„Ach ja?", erwiderte ich ausweichend.

Meine Mutter war unglaublich aufmerksam. Nach einer Kindheit, in der sie ein wenig sprunghaft war und viel zu leicht den unüberlegten Launen meines Vaters nachgegeben hatte, hatte sich meine Mutter inzwischen gefangen und wir versuchten langsam, so etwas wie eine Beziehung aufzubauen.

Sie neigte den Kopf zur Seite und tippte mit dem Zeigefinger leicht auf den Tisch. „Allerdings. Was ist denn passiert?"

„Nichts. Ich habe in paar wundervolle Tage verbracht und jetzt geht es wieder zurück in den Alltag. Es war schön, zwei Wochen lang eine Pause von der Arbeit und der Uni zu haben.

Das ist alles." Ich fühlte mich angegriffen und das wusste ich auch, aber ich hatte keine Lust, mich mit dem zu beschäftigen, was ich nicht haben konnte. „Ist Dad wach?", fragte ich, wohlwissend, dass meine Mutter den Themenwechsel nicht gutheißen würde.

Meine Mutter schüttelte den Kopf. „Nein. Und das hast du dir wohl auch schon gedacht."

Ich spürte einen Stich in meiner Brust, ein kleines Brennen direkt über meinem Herzen. Schließlich hatte ich es ja gewusst. „Mom, warum bleibst du bei ihm?", flüsterte ich.

Sie nahm einen Schluck ihres Kaffees und stieß einen fast unmerklichen Seufzer aus, als sie ihre Tasse wieder auf den Tisch stellte. „Ich weiß, dass dein Vater dir das Leben nicht gerade leicht gemacht hat. Vieles von dem, was passiert ist, als du noch ein kleines Mädchen warst, tut mir unendlich leid." Dabei hielt sie meinen Blick über den Tisch hinweg fest. „Aber nun ist er krank. Und auch wenn er es vielleicht nicht verdient hat, kann ich ihn jetzt nicht einfach im Stich lassen."

Mein Magen fühlte sich wie ausgehöhlt an. „Was meinst du damit, er ist krank?"

„Wir haben es vor deinem Trip erfahren, aber ich wollte es dir nicht sagen, weil ich nicht wollte, dass du nicht hingefahren wärst. Und seit du zurück bist, habe ich dich nur ein paar Minuten lang gesehen. Er hat Krebs, Dickdarmkrebs. Schon ziemlich weit fortgeschritten. Dein Vater war weiß Gott nie ein Freund von Ärzten. Ich wünschte, ich hätte dir mehr Halt geben können, aber ich war noch so jung und nicht so stark. Es tut mir leid."

„Mom, du brauchst doch nicht ...", begann ich.

Da schüttelte sie heftig den Kopf und ich verstummte.

„Oh doch. Du bist eine großartige Frau, und ich bin so stolz auf dich. Du kümmerst dich um dein eigenes Leben, du arbeitest hart, schlägst dich alleine durch die Krankenpflegeschule, aber vor allem bist du ein freundlicher und großzügiger Mensch. Denk keine Sekunde lang, dass ich nicht unglaublich stolz auf dich bin. Dabei hast du es beileibe nicht einfach gehabt. Wenn meine Mutter, deine Großmutter, nicht gewesen wäre, hätten sich die Dinge vielleicht nicht so entwickelt. Aber heute ist es nun mal so, und ich glaube daran, das Richtige zu tun. Ich zermartere mir jede Nacht den Kopf darüber, was ich tun soll. Dabei ist mir klar geworden, dass ich nicht mit mir selbst leben könnte, wenn ich deinem Vater die letzten Monate, die er noch hat, nicht erleichtern würde."

Das war wahrscheinlich das ehrlichste Gespräch, das ich je mit meiner Mutter über unser Leben geführt habe. Ich hatte meine Mutter immer geliebt. Auch meinen Vater, trotz seiner Neigung zum Alkohol und zu unbedachten Äußerungen. Zum Glück war er meistens ein harmloser Trinker.

Das flaue Gefühl in meinem Magen wurde immer stärker und mein Puls schlug in einem flachen, unregelmäßigen Rhythmus. „Monate?"

Meine Mutter nickte. „Ja. Sie haben ihm vier bis sechs Monate gegeben. Es ist schon so weit fortgeschritten, dass sie keine Chemo mehr empfehlen. Aber die möchte er ohnehin nicht. Derzeit schläft er viel, weil er müde ist und sich krank fühlt, nicht weil er verkatert ist."

Meine Mutter übermittelte mir diese Nachricht mit einem niedergeschlagenen und starren Blick. Ich schlang meine Hände um meine Kaffeetasse, als ob die Wärme der Tasse mir irgendwie Halt geben könnte. Jahrelang hatte ich mich über meinen Vater geärgert und plötzlich löste sich all mein Groll in Luft auf.

„Du tust das Richtige", erwiderte ich aufrichtig.

Das wusste ich. Meine Mutter war ein überaus zuverlässiger Mensch, der zu seinen Verpflichtungen stand. Oft wünschte ich mir, dass sie das nicht wäre, aber ihre Verlässlichkeit war ein wesentlicher Teil ihrer Persönlichkeit.

„Ich weiß. Ich hoffe nur, du verstehst das."

„Aber natürlich."

Ich griff nach ihrer Hand und drückte sie kurz. Ihre Lippen

verzogen sich zu einem müden Lächeln. „Normalerweise ist er abends für ein paar Stunden auf. Wenn du vorbeikommen möchtest, wäre das eine gute Zeit, um ihn zu sehen."

„Ich muss heute Abend arbeiten, aber ich habe Sonntagabend frei."

Meine Mutter nickte und nahm einen weiteren Schluck ihres Kaffees, was in der stillen Küche laut zu hören war. Ich vernahm das Ticken der Uhr über dem Herd und das Rufen einer Krähe draußen in den Bäumen, deren Schrei schrill durch den kalten Wintertag klang.

„Lass uns jetzt aber über etwas anderes reden", begann meine Mutter. „Wenn ich eines gelernt habe, seit ich von der Diagnose deines Vaters erfahren habe, dann, dass es überhaupt nicht hilft, sich damit herumzuschlagen."

„Ich habe jemanden kennengelernt", erzählte ich unwillkürlich. Die unverblümte Ehrlichkeit meiner Mutter hatte mich wohl dazu angespornt, obwohl ich mich selbst mit dieser Aussage überraschte.

Ein kleines Lächeln umspielte die Mundwinkel meiner Mutter. „Wirklich?"

„Sein Name ist Alex und er lebt in Alaska. Das Ganze ist ein bisschen verrückt, aber erinnerst du dich noch an den Sommer, als ich in Colorado zelten war?"

„Aber natürlich. Du hast es dort wirklich genossen. Außerdem hast du dich so geärgert, dass wir keine Nachsendeadresse für die Post hatten. Aber was hat das mit diesem Alex in Alaska zu tun?"

„Ob du es glaubst oder nicht, ich habe ihn in diesem Camp kennengelernt. Ich habe schon gedacht, ich würde ihn nie wiedersehen. Der Grund, warum ich so sauer gewesen bin, dass ich keine Nachsendeadresse hatte, war, dass ich ihm unsere Adresse für einen Brief gegeben hatte. Falls du dich jetzt fragst: Er sagt, er hätte einen geschrieben. Jedenfalls bin ich im Schnee stecken geblieben und er hat zufällig angehalten, um mir zu helfen."

Meine Mutter zog die Brauen hoch. „Und? Erzähl mir mehr."

Also erzählte ich ihr alles – bis auf den heißen Sex. Ich schloss mit: „Und damit basta. Ich bin hier, und er ist dort, und das ist eindeutig zu weit für eine vernünftige Fernbeziehung."

Meine Mutter verengte ihre Augen und warf mir einen Blick zu. „Mach dich doch nicht lächerlich. Warum gehst du nicht nach Alaska? Hier gibt es doch nichts, was dich aufhält."

„Mom, du hast mir doch gerade gesagt, dass Dad im Sterben liegt. Da kann ich doch nicht einfach abhauen. Außerdem bist du doch hier."

„Aber wir bleiben doch in Kontakt. Vielleicht wartest du, bis dein Dad gestorben ist, aber du darfst den Mann doch nicht einfach abschreiben. Du hast doch selbst gesagt, dass er es versuchen möchte. Also hab doch keine Angst davor, mal was zu riskieren."

Kapitel Zwölf

DELILAH

Hab doch keine Angst davor, mal etwas zu riskieren.

Die Worte meiner Mutter liefen den ganzen Abend in meinem Kopf in Endlosschleife. Zum Glück konnte ich diese Bar im Schlaf schmeißen.

Ich mixte eine Margarita und zapfte ein Bier vom Fass, während ich das Gespräch mit meiner Mutter in meinem Kopf nochmal Revue passieren ließ. „Hier, bitte“, sagte ich, während ich das Bier in die eine und die Margarita in die andere Richtung schob. Ich zählte schnell das Wechselgeld ab und machte auch schon weiter.

Plötzlich stellten sich mir die Nackenhaare auf, und ein heftiger Schauer durchfuhr mein Rückgrat. *Alex konnte doch unmöglich hier sein.*

„Delilah.“

Diese Stimme kannte ich. Eine lebhafte Erinnerung an Alex' Augen, die sich in meine gebohrt hatten, kurz bevor sich mein Körper verspannt hatte und er mit einem lauten Schrei meinen Namen ausgestoßen hatte, blitzte in meinen Gedanken auf.

Dreh dich nicht um. Das bildest du dir doch bloß ein.

Doch mein Körper hörte nicht auf mich, wie immer. Ich wandte mich um und konnte nicht verhindern, dass mir der

Mund offen stehen blieb, als ich ihn an der Ecke der Bar stehen sah. Sein Haar war ganz zerzaust, als wäre er zu oft mit der Hand hindurchgefahren. In dem Augenblick, in dem seine braunen Augen die meinen trafen, überschlug sich mein Herz in der Brust und die Schmetterlinge in meinem Bauch wirbelten wie wild.

„Verdammt. Ich hätte nie gedacht, dass Delilah mal so erschüttert sein könnte", bemerkte Griffin neben meiner Schulter.

Ich warf einen Blick auf meinen Kollegen und konnte nur den Kopf schütteln. Mein Blick wanderte unwillkürlich zurück zu Alex und ich erwartete fast, dass er sich in Luft auflösen würde.

Schluck. Er war immer noch da. Höchstpersönlich. Stützte sich mit dem Ellbogen auf die Theke, ein langsames Grinsen breitete sich auf seinem Gesicht aus und ließ Funken durch meinen Körper fliegen. Ich fühlte mich, als hätte man mich in eine Steckdose gesteckt, während mich ein Wirrwarr von Gefühlen durchfuhr.

Das ungewohnteste aller Gefühle war Freude. Ich wusste gar nicht, was ich mit meiner Freude darüber anfangen sollte, ihn zu sehen.

Griffin klopfte mir auf die Schulter. „Ich schätze, du solltest eine Pause einlegen."

Während ich mich zu ihm umdrehte, sah ich, wie er Alex musterte, und es war, als ob die beiden sich stillschweigend miteinander unterhielten. „Komm doch mal mit nach hinten", meinte Griffin und schritt an mir vorbei, wo meine Füße immer noch wie erstarrt auf den Gummimatten standen, die auf dem Holzboden hinter der Bar ausgelegt waren.

Griffin hob lässig einen Teil des Tresens an und bedeutete Alex, hinter die Theke zu kommen. „Delilah hat gerade Pause. Eigentlich ist ihre Schicht für diese Nacht beendet."

Ich wusste ja nicht, was Griffin in meinem Gesicht gelesen hatte, aber ich hatte keine Zeit, ihm die Hölle heißzumachen, geschweige denn, mich gedanklich so zusammenzureißen, dass ich das überstehen konnte. Ich bewegte mich wie betäubt.

Einen Augenblick später fiel die Tür zum hinteren Flur hinter mir zu und ich blickte in Alex' Gesicht. Mein Puls raste und mein Körper fühlte sich an, als würde ich gleich vom Boden abheben, so stark war meine körperliche Reaktion auf seine bloße Anwesenheit.

„Was ...“ Meine Frage endete in einem Gemurmel, als Alex zu mir trat und mich in eine innige Umarmung zog.

Ich vergrub mein Gesicht an seiner Brust und schlang meine Arme fest um seine Taille, um ihn einfach einzuatmen. Jedes Molekül in meinem Körper wirbelte vor Aufregung herum und ließ sich dann von seinem Gefühl leiten. Alex war der Fels in der Brandung meines Gefühlssturms und gab mir Halt.

Ich atmete mehrmals zittrig ein und genoss seinen frischen, holzigen Duft. Irgendwie erinnerte er mich auch an Schnee. „Du riechst nach Schnee“, sagte ich gegen seine Brust.

Sein Lachen dröhnte durch mich hindurch. „Das liegt daran, dass es draußen schneit, Süße. Ich habe den Schnee nicht aus Alaska mitgebracht.“

Schließlich hob ich meinen Kopf und lehnte mich zurück. „Was hast du hier zu suchen?“

„Ich habe dich vermisst. Also habe ich ein Flugticket gekauft und bin hergekommen, um dich zu sehen.“

Oje. Allein seine Stimme zu hören, jagte mir einen heißen Schauer über den Rücken, gefolgt von einem so starken Gefühlsausbruch, dass mir die Tränen in die Augen stiegen. Ich war beileibe keine Heulsuse und hatte auch nicht vor, eine zu werden, also holte ich tief Luft und blinzelte heftig.

„Du hättest mir doch sagen können, dass du kommst.“

Alex zuckte mit den Schultern. „Sicher, das hätte ich. Und du hättest mir wahrscheinlich gleich gesagt, es bleiben zu lassen. Ich kenne dich doch, Kleine.“

Und plötzlich fühlte ich mich ganz schüchtern, ein Gefühl,

das ich nicht oft hatte. Aber kaum jemand kannte mich so gut
wie Alex.

Kapitel Dreizehn

ALEX

Mein Herz raste wie wild, als ich in Delilahs klare grüne Augen blickte. Sie biss sich auf die Lippe, ihre weißen Zähne bohrten sich in die pralle Haut. Es fühlte sich so gut an, sie wieder in meinen Armen zu haben.

Jede Zelle in meinem Körper fühlte sich an, als würde sie brennen, während mein Schwanz anschwoll und gegen meinen Reißverschluss drückte. In Delilahs Nähe konnte ich nicht mal romantisch sein. Die pure Lust übernahm die Oberhand, sobald ich in ihrer Gegenwart war.

Ihre Augen suchten mein Gesicht ab, und ihre Lippen verzogen sich langsam zu einem Lächeln. „Ich bin nicht leicht zu überraschen", murmelte sie, während sich ihre Wangen rosa färbten.

„Darauf würde ich wetten. Du bist viel zu zynisch, um an Überraschungen zu glauben."

Da fielen ihre Wimpern wieder nach unten und ich ließ meine Hand über ihren Rücken gleiten, um mit den Fingern durch ihr seidiges, dunkles Haar zu fahren. „Ich habe dich vermisst", wiederholte ich. „Falls du das nicht bemerkt hast."

Sie hob wieder ihren Kopf. „Soll das heißen, du schreibst

nicht jeden Tag allen deinen Frauen eine SMS?", stichelte sie in leichtem Tonfall.

Ich hatte zwar gewusst, dass Delilahs Zweifel nicht mir persönlich galten, aber es wurmte mich trotzdem. Ein kleines bisschen.

„Auf keinen Fall. Es gibt da nur eine einzige Frau, die ich im Camp kennengelernt habe und die ich nie vergessen werde."

In dem Augenblick öffnete sich die Tür zum hinteren Flur, und Delilah sprang zurück. Der Typ, der ihr mitgeteilt hatte, dass sie für heute Feierabend hatte, kam herein.

„Tut mir leid", sagte er schnell, als er zwischen uns hin und her schaute. „Ich brauche nur schnell einen Kasten Bier."

Delilah eilte den Flur entlang und rief über ihre Schulter: „Alex, das ist Griffin. Griffin, Alex."

Griffin grinste mich an. „Schön, dich kennenzulernen. Ich kann mir das Bier auch selber holen", rief er Delilah hinterher, während er ihr den Flur hinunter folgte.

Sie schlüpfte durch eine Tür im Flur und kam nach einer weiteren Sekunde mit einem Kasten Bier zurück. „Ich leiste auch meinen Teil. Heute Abend kann ich dich doch nicht allein lassen. Es ist viel zu viel los da draußen."

Griffin warf einen Blick auf mich und dann wieder auf Delilah. „Wie gesagt, du hast für heute Feierabend. Ich komme schon klar."

Ich schwieg. Schließlich war ich unangemeldet aufgetaucht. Da konnte ich schon mal ein paar Stunden warten, wenn Delilah lieber arbeiten wollte. Trotzdem wollte ich sie so schnell wie möglich ganz für mich allein haben.

Delilah kaute auf ihrer Unterlippe, während sie von mir zu Griffin sah. Er nahm ihr den Kasten Bier ab und meinte: „Wenn nötig, schleif sie hier raus".

„Ich gehe ja schon, ich gehe ja schon", murrte sie. „Bist du sicher, dass es dir nichts ausmacht?"

Griffin war bereits auf dem Weg zurück zur Tür am Ende des

Flurs. „Nein, macht es nicht. Immerhin kriege ich dann das ganze Trinkgeld."

Delilah verdrehte die Augen. „Danke. Ich bin dir was schuldig."

Während Griffin durch die Tür schritt, erfüllte das Summen der vielen Stimmen aus der Bar den Korridor. Sobald die Tür zuschlug, wurden die Geräusche wieder gedämpft.

Delilah warf mir einen Blick zu und drehte sich dann weg. „Lass mich nur noch schnell meinen Mantel und meine Tasche holen."

Ich lehnte mich an die Wand und wartete. Einen Augenblick später tauchte sie wieder auf, steckte ihre Arme in eine flauschige Daunenjacke und hängte sich ihre Handtasche über die Schulter. „Bist du mit dem Auto gekommen?" Sie blieb vor mir stehen und schaute auf.

Ich nahm ihre Frage kaum wahr, denn ich wollte sie nun unbedingt küssen. Das konnte keine Sekunde länger warten. Ich stieß mich von der Wand ab, zog sie wieder in meine Arme und fuhr mit dem Daumen an ihrem Kinn entlang. „Ich habe dich vermisst", murmelte ich, bevor ich meinen Kopf senkte und meine Lippen an die ihren schmiegte.

Es fühlte sich an, als würde ein Blitz zwischen uns einschlagen, und das Gefühl ließ uns wie Feuer aufleuchten. Delilah stieß einen leisen Seufzer aus und wölbte sich mir entgegen. In einer heißen Sekunde neigte ich meinen Kopf zur Seite und verschloss ihren Mund mit meinem. Ihre Zunge schoss heraus und verfing sich mit meiner, während ich mich in die warme Süße ihres Mundes vertiefte.

Delilah zu küssen, war alles für mich. Ein heftiges Verlangen durchfuhr mich, während sie sich wand. Wir hatten zwar beide unsere Winterjacken an, aber als ich mich von ihr löste, fühlte ich mich durch die brennende Leidenschaft dieses Kusses völlig entblößt.

Delilahs Augen hatten sich verdunkelt und ihr Atem kam in

kurzen Stößen. Währenddessen galoppierte mein Herz wie verrückt, und ich konnte kaum noch Luft holen.

„Wir sollten lieber abhauen", flüsterte sie.

„Geh voran."

———

Nach einem kleinen Wortwechsel auf dem Parkplatz hinter der Bar, in der Delilah arbeitete, gab ich ihrem Drängen nach, ihr in meinem Mietwagen nach Hause zu folgen. Aus purem Eigennutz hätte ich sie natürlich am liebsten sofort neben mir gehabt. Aber Delilah war hartnäckig geblieben, und ich fand, dass es sich nicht lohnte, das Thema zu vertiefen.

Ich folgte ihrem kleinen Auto in der Dunkelheit die Straße entlang. Es schneite leicht und die Flocken funkelten im Scheinwerferlicht. Die Bergstraßen hier waren kurvenreich. Mir gefiel der Gedanke nicht, dass sie sie mutterseelenalleine befahren würde, wo es doch den ganzen Winter über so verschneit und dunkel sein würde.

An einem kleinen Wohnkomplex angekommen, warf ich mir meinen Rucksack über die Schulter und folgte ihr die Treppe hinauf. Nachdem wir eingetreten waren, schaltete sie das Licht an und drehte sich zu mir um. Ihr Blick war zurückhaltend und sie schien verunsichert zu sein. Ihre Hände wirbelten durch die Luft, während sie durch den Raum deutete.

„Es ist nicht viel. Ich habe nicht, nun ja, ich habe nicht viel Geld. Ich versuche, meine Miete so gering wie möglich zu halten, während ich diese Onlinekurse mache", erklärte sie.

Delilah wandte sich schnell ab, schlüpfte aus ihrer Jacke und zog ihre Stiefel aus. „Du kannst deine Jacke dort aufhängen." Sie deutete auf eine Reihe von Haken an der Wand neben der Tür.

Ich folgte ihrem Beispiel, hängte meine Jacke auf und zog meine Schuhe aus. Ihre Wohnung war klein, sauber und aufgeräumt. Es war ein großer Raum, in dem sich Küche und Wohnzimmer befanden, mit zwei Türen auf der Rückseite. Ich nahm an, dass eine zum Badezimmer und die andere zum Schlafzimmer führte.

Ein Fenster blickte in der Dunkelheit auf die Straße hinaus. Delilah durchquerte den Raum und zog einige hauchdünne weiße Vorhänge vor das Fenster.

„Hast du Hunger?", fragte sie, während sie zur kleinen Küche hinüberging, in der ein runder Tisch stand. Das Wohnzimmer war mit einer großen cremefarbenen Couch mit zahlreichen Kissen und einem Couchtisch eingerichtet.

„Allerdings", antwortete ich. „Du musst mir aber nichts kochen."

„Lass uns eine Pizza bestellen. Es gibt ein Lokal gleich die Straße runter und die liefern auch."

Ich nahm also mit Delilah ein spätes Abendessen ein. Wir bestellten Pizza und ich erfuhr, dass sie sie am liebsten mit Salami aß. Logisch. Immerhin mochte ich Salamipizza auch am liebsten.

Ich erfuhr, dass die Lost Deer Brewery ein köstliches Porter hatte, und dass ich es liebte, mit Delilahs Füßen auf meinen Oberschenkeln und dem Pizzakarton auf ihren Beinen auf der Couch zu sitzen. Wir aßen Pizza und schauten eine Maklersendung.

Delilah fragte mich über meine Arbeit und Willow Brook aus. Es entging mir nicht, dass sie, wann immer ich ihr Fragen zu ihrem Privatleben hier stellte, mir nur ausweichende Antworten gab. Sie schien die Fähigkeit zu beherrschen, gerade so viel zu erzählen, dass es nicht so wirkte, als würde sie ausweichen, aber trotzdem nie etwas Genaues zu sagen.

Nachdem wir etwa die Hälfte der Pizza aufgegessen hatten, nahm ich ihr den Karton von den Oberschenkeln und stellte ihn auf den Couchtisch. „Komm doch mal her", murmelte ich.

„Ich bin doch hier." Dabei wackelte sie mit ihren Füßen, die in hellblauen Socken steckten.

„Nicht nah genug." Ich schlang einen Arm um ihre Taille und zog sie näher an mich heran.

Da kicherte sie. Und wenn Delilah kicherte, bekam ich Herz-klopfen, gerade weil sie sonst so zurückhaltend war. Sie landete mit ihren Knien auf beiden Seiten meiner Oberschenkel. Herrlich.

Ich strich ihr die Haare aus dem Gesicht. „Ich finde, wir sollten ein paar Grundregeln vereinbaren."

„Grundregeln?" Sie zog eine ihrer dunklen Brauen in die Höhe.

„Ja. Ich bin zwar ein unerwarteter Gast, aber ich besitze auch ein paar Manieren. Also bitte ändere nicht deinen Zeitplan für mich. Ich habe einen Job am Flughafen in Asheville bekommen. Also bleibe ich für zwei Wochen hier. Und ich hoffe, du erlaubst mir, jede Nacht mit dir zu verbringen."

Delilahs Mund öffnete sich vor Überraschung. „Du bist zwei Wochen lang hier? Du hast Arbeit gefunden?", quiekte sie.

Ich nickte, spielte mit ihren Haarspitzen und widerstand dem Drang, ihre verlockenden Brüste zu streicheln. „Ja. Ich weiß, dass du ein Leben und viel zu tun hast. Ich möchte nicht jeden Tag rumsitzen und Däumchen drehen. Kann ich hier über-nachten?"

Delilah biss sich auf die Lippe, bevor sie nickte.

„Möchtest du mich auch wirklich hier haben?", drängte ich.

Sie kaute auf der Innenseite ihrer Wange, während sie mich ansah. „Natürlich", flüsterte sie schließlich, während sich ihre Wangen rosa färbten.

Mein Herz klopfte wie wild. Ich hatte keine Ahnung, wie ich die Gefühle beschreiben sollte, die ich hatte, wenn ich mit Delilah zusammen war. Ich wusste zwar, dass ich sie und uns nicht verlieren wollte, aber ich war noch nicht bereit, meinen Gefühlen einen Namen zu geben.

Ich wusste, dass mein Verlangen nach ihr tiefer war als jeder Fluss auf der Welt, so lächerlich das auch klingen mochte. Sobald sie sich mit ihrem Gewicht fester auf meinem Schoß niederließ, konnte ich nicht widerstehen, meine Hände an ihren Seiten hinuntergleiten zu lassen, um ihre Hüften zu ergreifen.

Ich wölbte meinen Schoß leicht und freute mich, als sie ein leises Keuchen ausstieß und ich die Hitze ihres Inneren gegen meine Erregung spürte. Dann lockerte ich meinen Griff um ihre Hüften und ließ eine Hand nach oben gleiten, um eine Brust zu umfassen. Sie trug ein T-Shirt mit V-Ausschnitt und Jeans. Nichts Besonderes also. Doch Delilahs ungeschminkte Schönheit erschlug mich.

„Warum hast du eigentlich beschlossen, mich zu besuchen?", fragte sie keuchend, als ich mit meinem Daumen über ihre Brustwarze strich.

„Ich habe dich vermisst und ich wollte dich unbedingt sehen. So einfach ist das. Ich habe einen alten Freund aus dem College angerufen, der am Flughafen in Asheville arbeitet. Er hat gesagt, er könnte mir ein paar Jobs besorgen, also habe ich ein Ticket gebucht. Falls du dich jetzt fragst: Es macht mir überhaupt nichts aus, dir quer durchs Land nachzujagen."

Delilah beugte sich vor und drückte mir einen Kuss auf den Hals. Mehr war nicht notwendig. „Schluss mit dem Reden", murmelte sie. Dann knabberte sie an meinem Hals und bahnte sich ihren Weg zu meinem Mund.

Delilah zu küssen war wie in ein Feuer zu tauchen. Ihr Mund war heiß und aufreizend, ihre Zunge verfing sich in der meinen. Sie war eine bestimmende Küsserin, und das gefiel mir.

Ich fuhr mit meiner Hand durch ihr Haar, um ihren Nacken zu umfassen und neigte ihren Kopf zur Seite, um ihren Mund zu verschlingen. Plötzlich brachte sie auch ihre Hände mit ins Spiel. Sie schob mein T-Shirt hoch und ich fuhr mit meiner Hand über die weiche Wölbung ihres Bauches und genoss das Gefühl ihrer seidigen Haut.

„Alex", keuchte sie, und das Wort endete mit einem Wimmern.

„Ja?" Nach dieser Frage fuhr ich mit meiner Zunge über die empfindliche Haut oberhalb ihres Schlüsselbeins.

„Ich brauche ..."

Sie drückte ihre Hüften gegen mich. Als Nächstes fummelte

sie an den Knöpfen meines Hosenschlitzes herum. Ich griff zwischen uns hindurch und hielt ihre Hände mit meinen fest. „Was brauchst du?"

„Dich", flüsterte sie leidenschaftlich.

„Das sollst du auch bekommen, Süße."

Ich hob sie von meinem Schoß, und sie widersprach mit einem Wimmern. „Keine Sorge, ich erleichtere uns bloß den Zugang", stichelte ich.

Wir zogen uns in Windeseile aus. Dann ließ ich mich zurück auf die Couch sinken und Delilah saß auf mir, ihre dunklen Augen auf die meinen gerichtet. Ich spürte ihre glitschige Erregung, während sie ihre Hüften über die Unterseite meines Schwanzes bewegte.

Für ein paar Sekunden war ich überzeugt, die Kontrolle zu haben, aber ich hätte es besser wissen müssen. Bei Delilah gab es für mich keine Kontrolle. Sie richtete sich auf, und ich spürte den samtigen, feuchten Kuss ihres Eingangs, dann das langsame Gleiten, als sie mich mit ihrer seidigen Hitze umhüllte.

Kapitel Vierzehn

DELILAH

Meine Stirn sank auf die von Alex. Er hielt mich fest, wobei eine Hand meine Hüfte umfasste und die andere meine Taille umschloss. Meine Brüste berührten seinen Oberkörper bei jeder noch so kleinen Bewegung. Mein Herz fühlte sich an, als ob es zerspringen würde. Das Verlangen war in einem wahren Gefühlssturm gefangen, der mich durchflutete.

Das Gefühl, dass Alex mich ausfüllte und dehnte, war berauschend. Ich versuchte nach Luft zu schnappen und rang um Halt in meinem Herz und meinem Körper, aber das wollte mir einfach nicht gelingen. Die Gefühle rissen mich förmlich mit sich. Das Vergnügen war so unbeschreiblich heftig, dass es mich regelrecht aus der Bahn warf.

Alex' Hand glitt über meinen Rücken und seine Finger fuhren durch mein Haar. Das Stechen auf meiner Kopfhaut war fast ein willkommener Schmerz. Die ganze Zeit über hob er mich hoch und bewegte sich mit sanften Stößen in mir. Seine pralle Länge dehnte mich herrlich aus. Ich genoss jeden Stoß, während er mich ausfüllte.

Ich erkannte mich selbst kaum wieder und stieß immer wieder kleine, wimmernde Laute aus, während er unser Spiel unter Kontrolle hielt und dafür sorgte, dass ich nicht völlig aus den Fugen geriet.

„Sieh mich an", flüsterte er heiser.

Ich hatte mich nie als eine Frau angesehen, die Befehle befolgte. Aber sobald ich mit Alex nackt war, tat ich alles, was er verlangte. Nur in den wilden Augenblicken wie diesem und nur mit ihm fühlte ich mich so frei.

Wir befanden uns in unserer eigenen kleinen Welt, in der keine Regeln galten, in der wir uns verletzlich zeigen durften. So verletzlich, wie ich das sonst nie durfte, wenn ich so recht nachdachte.

Ich hob meinen Kopf und mein Blick begegnete seinem. Dieser Blick ließ mein Herz heftig pochen. Nur Alex konnte mir mit einem einzigen Blick den Atem rauben.

„Was?", flüsterte ich, meine Stimme war von einem scharfen Verlangen durchzogen.

„Ich möchte dich sehen, wenn du kommst."

Seine Worte waren nicht unbedingt unanständig, aber die Art und Weise, wie er sie sagte, und der Blick in seinen Augen verstärkten die Gefühle, die mich durchströmten. Ich hätte nie gedacht, dass ich jemals derart überwältigt werden könnte. Aber Alex übertraf alle Erwartungen, die ich an Männer gehabt hatte.

Jetzt packte er meine Hüften mit beiden Händen und hob sie leicht an. Das langsame Hinaufgleiten und dann das Gefühl, wie er mich wieder ausfüllte, war heftig und einfach vollkommen. Der Winkel seiner Hüften stieß gegen meine Klitoris und ließ den Druck in mir immer stärker werden.

„Alex ..."

Ich konnte meine Augen kaum noch offen halten. Sein Gesicht verschwamm in meinem Blickfeld. Eine Hand glitt nach oben, und sein Daumen kniff in meine Brustwarze. Dann berührte er meine Wange und strich mir über die Unterlippe. Wieder stieß er mit seinen Hüften gegen meine und ich spürte, wie seine Eichel gegen meinen Muttermund drückte. Schon zog die reißende Flut mich nach unten. Die Lust überkam mich so heftig, dass ich kaum atmen konnte. Ich spürte, wie er mich beobachtete, und dieses intime Gefühl war so tief, dass es fast beängstigend war.

Alex' Hand straffte sich, seine Finger gruben sich in die Haut an meiner Hüfte. Dann ließ er seinen Kopf zurückfallen, die Muskeln in seinem Nacken traten hervor, als er meinen Namen rief, und ich spürte, wie die Hitze seiner Erlösung mich erfüllte.

Ich sackte gegen ihn zusammen, schmiegte meinen Kopf an seinen Hals, atmete ihn ein und fühlte mich so entspannt wie vielleicht schon lange nicht mehr. Genau das stellte Alex mit mir an.

Zum ersten Mal schlief ein Mann neben mir in meinem Bett ein. Dafür hatte ich eigentlich ganz klare Regeln. Die ziemlich einfach einzuhalten waren. Denn ich hatte keine Dates. Ich trieb mich auch nicht in anderen Betten herum. Ich kümmerte mich gelegentlich um meine Bedürfnisse, und das war's.

Ich traute Männern nicht über den Weg. Traute mir selbst nicht, dass ich nicht ins Schwärmen geriet und mir mehr erhoffte. Doch Alex hatte wieder mal den Schutzwall um mein Herz durchbrochen. Ich hatte keine Sekunde gezögert, ihn bleiben zu lassen. Ich wollte, dass er blieb, fast verzweifelt.

Als ich nachts aufwachte und seine Hand auf meinem Bauch spürte, rollte ich mich ihm entgegen und wir liebten uns schlafend in der Dunkelheit. Ich hätte ja zu gerne behauptet, dass es nur Sex war, aber das war es nicht. Wirklich nicht.

Danach schlief ich wieder ein, fest in seine Arme gekuschelt. Ich wachte erst auf, als ich die ersten Sonnenstrahlen auf mein Gesicht fallen spürte. Dann nahm ich ein Gefühl nach dem anderen wahr.

Das Gefühl von Alex' kräftigem Körper, der mich umarmte. Sein Arm schlang sich um meine Taille und seine Handfläche lag auf meinem Bauch. Selbst im Schlaf bestand er ganz aus Muskeln und Kraft. Ich fühlte mich vollkommen sicher. Ich wollte eigentlich gar nicht aufstehen. Aber ich musste pinkeln.

Langsam bewegte ich mich von Alex weg, aber er hielt mich

fester und ließ seine Hand träge über meinen Bauch streichen. „Wo gehst du hin?"

Seine Stimme war rau und leise. Ich wälzte mich in seinen Armen und ließ meinen Blick über sein Gesicht gleiten. Sein Haar war zerzaust, und seine Augen waren verschlafen. Meine Güte, der Mann sah sogar gut aus, wenn er im Bett lag.

„Ich muss mal", antwortete ich unverblümt. Ich spürte, wie sich meine Wangen leicht erhitzten, aber es hatte keinen Sinn, zu lügen. Er würde hören, wie ich aufstehen und auf die Toilette gehen würde.

Als sein leises Glucksen gegen meine Schulter grollte, explodierten kleine Freudenschauer in meinem Herzen. Gott, wie gut es sich anfühlte, mit ihm aufzuwachen. In den Weihnachtsferien hatte ich jede Nacht in seinen Armen geschlafen, aber das hier war anders. Das war mein Bett, meine Welt. Und mein Herz.

Er neigte seinen Kopf und streifte mit seinen Lippen über meine, bevor er sich zurückzog. „Na gut, dann lass ich dich zuerst gehen", erwiderte er großmütig.

Während ich mich aus dem Bett rollte und nackt ins Bad ging, spürte ich, wie ich mich an einem Kichern verschluckte. An einem Kichern. Dabei kicherte ich nie. Ich war einfach nicht die Art von Frau.

Außer, wenn es um Alex ging. Bei Alex gab es jede Menge Ausnahmen von der Regel.

Ich stand am Waschbecken, immer noch völlig nackt, während ich mir die Hände wusch. Dabei spritzte ich mir kaltes Wasser ins Gesicht, hob es an und sah zu, wie die Wassertropfen an meinen Wangen herunterliefen. Ich fühlte mich, als hätte ich in einem Traum gelebt. Als ob Alex weg sein könnte, sobald ich zur Tür hinausging.

Nur schlief ich normalerweise nicht nackt. Ich hatte ein weiches Tanktop und eine Flanellhose, die ich liebte. Darin fühlte ich mich behaglich und sicher. Doch dieses Gefühl war nichts im Vergleich zu dem, wie es sich anfühlte, in Alex' Umarmung einzuschlafen.

Schließlich tupfte ich mir mit dem Handtuch das Gesicht ab. *Er wird schon noch dort draußen sein. So bekloppt bist du nicht.*

Plötzlich klopfte es heftig an der Badtür. „Es ist schon zwei Minuten her, dass die Toilette gespült worden ist, und für meine Blase wird es hier draußen langsam ungemütlich."

Diesmal ließ ich das Kichern aus meiner Kehle heraus. Ich schwang die Tür auf und sah Alex splitterfasernackt vor mir stehen.

„Wurde aber auch Zeit", erwiderte er mit einem breiten Grinsen, als er an mir vorbeiging.

Er ließ keine Gelegenheit aus, mir an den Hintern zu greifen und ihn zu kneten. Und schon ging das kleine Feuerwerk der Freude wieder los. Ich schloss die Tür fest hinter ihm und musste mich dagegen lehnen, um Luft zu holen und mir klarzumachen, dass es alles andere als klug war, sich auf ein derartiges Glücksgefühl einzulassen.

Kapitel Fünfzehn

ALEX

„Was zum Teufel hast du überhaupt in North Carolina zu suchen?", fragte Toby.

Ich hatte Toby in der Flugschule kennengelernt. Er war ein toller Typ und ein guter Freund. Ein paar Sommer lang war er sogar in Alaska geflogen. Man verdiente dort gutes Geld und konnte leicht Aushilfsjobs bekommen, weil es im Sommer so viel zu tun gab. Als ich ihm wegen einer möglichen Reise hierher gemailt hatte, hatte er mir erzählt, dass er mir ein paar Jobs besorgen könnte. Damit war für mich klar, dass ich Delilah besuchen würde. Nicht, dass ich arbeiten musste, während ich hier war, aber ich wusste, dass ihr Zeitplan es nicht zuließ, dass sie sich zwei Wochen frei nahm, also war ich beschäftigt, während sie arbeitete.

Ich warf einen Lappen, der mit allen möglichen Motorflüssigkeiten verschmiert war, in einen Abfalleimer und drehte mich um, um meine Hände im riesigen Waschbecken abzuspülen. „Ich bin wegen einer Frau gekommen."

Toby stieß ein schallendes Gelächter aus. „Du hast den ganzen Weg nach North Carolina für eine Frau auf dich genommen?" Sein Gesichtsausdruck konnte nur als ungläubig bezeichnet werden.

„So sieht's aus."

Ich schrubbte mir schnell die Hände. Während ich sie unter dem heißen Wasser abspülte, fragte Toby: „Wer ist denn diese geheimnisvolle Unbekannte, die dich durch das ganze Land geschleift hat?"

„Delilah Carter. Sie lebt in Stolen Hearts Valley."

Ich stellte das Wasser ab, riss ein Papiertuch vom Halter und lehnte mich mit den Hüften gegen das Waschbecken, während ich meine Hände abtrocknete.

„Das ist etwa eine dreiviertel Stunde entfernt", stellte Toby fest. „Alter, von Alaska nach North Carolina ist es ganz schön weit. Wie hast du sie kennengelernt?"

Ich warf das Papierhandtuch in den Mülleimer neben der Tür und antwortete: „Es ist irgendwie seltsam. Ich habe sie vor Jahren im Camp in Colorado kennengelernt. Aber ich konnte sie nie vergessen. Ich kann nicht sagen, dass wir uns sofort ineinander verliebt haben, aber ich war damals wahnsinnig verknallt."

„Ihr seid die ganze Zeit in Verbindung geblieben?" Bei dieser Frage zog Toby die Augenbrauen hoch.

„Nein. Ich habe ihr zwar ein paar Briefe geschickt, aber die hat sie nie bekommen. Es hat sich herausgestellt, dass ein Freund von ihr aus ihrer Heimatstadt nach Alaska gezogen ist. Dieser Typ ist gleichzeitig auch ein Freund von mir und wohnt in Willow Brook. Lange Rede, kurzer Sinn: Er und seine Frau mussten einen Skiausflug absagen und haben ihr die Reservierung überlassen. Ich habe sie schließlich am Straßenrand eines verschneiten Highways aufgegabelt. Wir wollten beide in dieselbe Ski-Lodge."

„Mann, das ist verrückt. Ich glaube eigentlich nicht an Schicksal, aber das fühlt sich ein bisschen so an. Bist du denn verliebt?", fragte er.

Da war es wieder, das L-Wort. Mein Herz fühlte sich an, als wäre es aus seinem Schutzpanzer gerissen worden. Obwohl Delilah mir viel bedeutete und ich bereit war, ihr hinterherzujagen, konnte ich meine Gefühle immer noch nicht benennen. Ich war mir noch nicht mal sicher, ob wir auf derselben Wellenlänge waren. Meine kratzbürstige Kleine war sowas von zynisch.

„Yo", meinte Toby und schnippte mit seinen Fingern in der Luft.

Ich stellte fest, dass die Pause ein wenig zu lange gedauert hatte. „Keine Ahnung. Ich weiß nur, dass ich sie vermisst habe und als du mir erzählt hast, du könntest mir hier Arbeit besorgen, habe ich mir ein Flugticket gekauft."

„Und du möchtest zwei Wochen lang jeden Tag zwischen Asheville und Stolen Hearts Valley hin und her fahren?"

„Na ja, fünf Tage die Woche", berichtigte ich ihn grinsend.

Toby verdrehte die Augen. „Ich sag's ja. Du bist sowas von verknallt. Und jetzt lass uns essen gehen."

Kapitel Sechzehn

ALEX

An diesem Abend bog ich vom Highway auf die schmalere Straße ab, die tiefer in die Blue Ridge Mountains führte. Der berühmte blaue Dunst hing über dem Horizont. Die schwindenden Sonnenstrahlen schossen silbern durch den Dunst und ein Aquarell aus Lavendel und Rosa färbte den Himmel.

Es war wunderschön hier, so schön, dass ein entfernter Teil meines Verstandes mit dem Gedanken spielte, hierher zu ziehen, um bei Delilah zu sein. Doch eigentlich war ich noch nicht bereit dazu, über so etwas Konkretes nachzudenken.

Delilah hatte mir verraten, dass sie mittags in der Bar arbeiten musste und gegen sechs Uhr Feierabend machen würde. Also fuhr ich direkt zur Lost Deer Bar. Sie hatte mir ein Abendessen und ein gutes Bier versprochen, als ich sie vorhin abgesetzt hatte.

Ein paar Minuten später betrat ich die Bar und mein Blick suchte den Raum ab, bevor ich Delilah fand. Sie schob gerade einem Gast einen Krug Bier über die Theke. Sie war so schnell, dass sie kaum innehielt, während sie abkassierte und dem Gast das Wechselgeld überreichte, als sie bereits eine Bestellung von einem anderen Gast aufnahm.

Ihr dunkles Haar war zu einem Pferdeschwanz gebunden und

saß hoch auf ihrem Kopf. Er schwang wild, während sie schnell hinter der Theke auf und ab schritt. Schon als ich sie von der anderen Seite des Raumes sah, kribbelte die Vorfreude in meinen Adern.

Tobys Worte klangen in meinem Kopf nach. *Ich sag's ja. Du bist sowas von verknallt.*

Vielleicht war ich noch nicht bereit dazu, meine Gefühle für Delilah zu benennen, aber ich zweifelte nicht an der starken Anziehungskraft, die von ihr ausging. Ich bahnte mir einen Weg zwischen den Tischen und den Leuten hindurch, die sich an der Bar drängten, und suchte mir eine Ecke an der Wand. Als ich mich mit den Ellbogen auf die Theke stützte, nahm mich Delilah endlich wahr.

Ihre Augen weiteten sich leicht, als sie zur Seite sah und meinem Blick begegnete. Ein Lächeln umspielte ihre Wangen, bevor sie sich wieder fing. Oh, Delilah. So zurückhaltend, so eine Herausforderung. Aber ich konnte warten.

Sie bediente einen Typen, und mir entging nicht das anerkennende Funkeln in seinen Augen. Delilah war verdammt heiß, ohne es überhaupt darauf anzulegen. Ich verspürte ein Gefühl von etwas Unbekanntem. Eine gewisse Besessenheit. Und das war mir total neu.

Schon kam sie zu mir herüber. „Hey", begrüßte sie mich einfach.

„Hey. Wann hast du nochmal gesagt, dass du Schluss machst?"

Delilahs Pferdeschwanz fiel ihr über die Schulter, während sie ihren Blick auf die Uhr richtete, die über der Tür hinter der Bar angebracht war. Ihre hübschen Augen kehrten zu mir zurück. „In einer Viertelstunde. Macht es dir was aus, zu warten?"

„Ganz und gar nicht."

Wir blickten uns an und mein Herz schlug mir bis zum Hals.

„Möchtest du etwas zu trinken, während du wartest?"

Plötzlich konnte ich mich nicht mehr zurückhalten. Ich griff mit einer Hand nach ihrem Pferdeschwanz und schlang das Ende locker um meine Finger. Meine Kleine war immer noch ein bisschen angespannt in meiner Nähe. Sie biss sich auf die Lippe.

„Nichts zu trinken, es sei denn zusammen mit dir", erwiderte ich und schüttelte kurz den Kopf.

Da rief jemand ihren Namen. „Ich muss wieder an die Arbeit."

Ich ließ ihr Haar aus meiner Hand gleiten. „Geh arbeiten. Und stress dich nicht. Ich bin ja da."

Ohne ein Wort zu sagen, drehte sie sich weg und nahm sofort die Bestellung eines Gastes auf. Ich ließ mich auf einen Hocker gleiten, lehnte mich mit dem Rücken an die Wand und sah mir auf dem Fernseher hinter der Theke ein Basketballspiel an. Dies war zwar keine Sportbar, aber fast jede Bar besaß einen Fernseher.

Es dauerte nicht lange, bis Delilah hinter der Bar hervorschlüpfte. „Können wir?", fragte sie.

Sie hatte ihren flauschigen Daunenmantel an und ihre Handtasche über der Schulter. Ich wollte sie unbedingt küssen, also tat ich es.

Ich nahm eine ihrer Hände in meine, zog sie zwischen meine Knie und beugte mich vor. Es sollte nur ein kurzer Kuss sein, aber wir waren wie ein Feuer, das nur darauf wartete, erneut zu lodern. Sie zu berühren war, als hätte ich ein brennendes Streichholz in trockenes Laub fallen lassen. Wusch. In einer heißen Sekunde waren unsere Zungen ineinander verschlungen. Delilah keuchte in meinen Mund, bevor sie sich zurückzog.

Ihre Augen waren weit aufgerissen und ihre Wangen leuchtend rosa. Da ertönte ein leises Kichern neben uns und ich schaute zu ihrem Kumpel, Barkeeper Griffin, hinüber, der hinter der Theke grinste. Delilahs Pferdeschwanz wippte, als sie zu ihm blickte. „Kein Kommentar", befahl sie.

„Ich bin nur froh, dass du jemanden datest", antwortete er.

Da näherte sich eine Frau mit braunen Locken, mit einem großgewachsenen Mann an ihrer Seite. „Hey, Delilah. Ich habe gar nicht gewusst, dass du mit jemandem zusammen bist", stellte die Frau fest.

Delilah versuchte nicht mal, ihr Seufzen zu verbergen. „Das ist Alex." Dann blickte sie von mir zu der Frau. „Und das sind Dani und Wade. Wir sind zusammen aufgewachsen."

Wade nickte. „Schön, dich kennenzulernen." Sein Blick hüpfte zu Dani, die ihn erwartungsvoll ansah.

Dani musterte mich, ihr Blick war unverhohlen neugierig. „Hey, Alex. Freut mich, dich kennenzulernen. Du bist nicht von hier."

„Nö. Ich komme aus Alaska. Freut mich, euch beide kennenzulernen."

„Oh, hast du ihn auf deinem Skiausflug kennengelernt?", fragte Dani und hob ihre Stimme um eine Oktave an, während sie Delilah wieder ansah. Noch bevor Delilah antworten konnte, richtete Dani ihre Aufmerksamkeit wieder auf mich. „Warte mal, kennst du Remy?"

„Natürlich. Er ist ein angesehener Feuerwehrmann in meiner Heimatstadt."

Dani klatschte in die Hände. „Oh! Das ist so cool. Du musst ihn unbedingt von mir umarmen, wenn du ihn siehst."

Ich gluckste. „Mach ich."

„Na schön. Ihr müsst unbedingt alle mal zum Abendessen kommen. Shay wird sich freuen, dich kennenzulernen. Sie ist Remys Schwester", schlug Dani vor.

„Sehr gerne", antwortete ich und warf Delilah einen Blick zu, um zu sehen, was sie darüber dachte.

Ihre Wangen waren immer noch rosa, aber sie zuckte mit den Schultern. „Klar. Schick mir einfach eine SMS, wann wir uns treffen können."

Nachdem wir noch ein paar Minuten mit Dani und Wade geplaudert hatten, führte mich Delilah zum Abendessen in die Lost Deer Winery. „Ein ziemlich schickes Restaurant", meinte sie, als wir eintraten. „Es gehört denselben Leuten, denen auch die Bar gehört, in der ich arbeite."

Das Restaurant war beeindruckend. Der Raum war groß, die Decken hoch und die Fenster boten einen Blick auf das Stolen Hearts Valley. Wir setzten uns an einen Tisch an den Fenstern und Delilah fragte mich, was ich trinken wollte.

„Ich nehme, was du vorschlägst."

„Hast du schon mal Met getrunken?"

„Ein oder zwei Mal. In Diamond Creek, wo die Lodge sich befindet, gibt es eine Brauerei. Ich glaube nicht, dass ich dich dorthin mitgenommen habe. Jedenfalls gibt es dort Met."

Sobald der Kellner kam, orderte Delilah zwei Mets zum Probieren für uns. Nachdem der Kellner die Tagesempfehlungen aufgezählt hatte, bestellten wir. Als er wieder ging, nahm ich mir einen Augenblick Zeit, um Delilah zu betrachten. Sie hatte ihr Haar auf der Fahrt hierher aufgemacht und es fiel ihr locker über die Schultern. Ich liebte ihr Haar, das mich oft auf die unpassendsten Gedanken brachte. Zum Beispiel die Erinnerung an eine unserer Nächte über die Feiertage, als ich ihre Haare um meine Faust geschlungen hatte und ihre Hände am Kopfende des Bettes verschränkt waren.

Jetzt war allerdings nicht der richtige Zeitpunkt dafür. Also rückte ich meine Jeans zurecht. „Macht es dir eigentlich etwas aus, mit Shay zu Abend zu essen? Ich nehme an, die beiden sind deine Freunde, die dir den Skiausflug geschenkt haben."

Delilah nickte. „Stimmt. Ich war mit Shay auf der Highschool. Und Remy ist ein guter Kerl."

„Stimmt genau. Also, erzähl mir doch mal von deiner Familie", bat ich im Plauderton. Sie war immer noch zurückhaltend, was ihre Familie anging, aber da ich mich hier im Stolen Hearts Valley befand, schien es nur natürlich, nach ihnen zu fragen.

Delilah rieb ihren Daumen und Zeigefinger aneinander und zuckte leicht mit den Schultern. „Meine Eltern leben hier. Mit meinem Dad verstehe ich mich nicht so gut, aber mit meiner Mom schon ein bisschen besser."

Das war also die Schattenseite meiner bisherigen Beziehung zu Delilah. Wir haben uns vor Jahren im Zeltlager kennengelernt. Dann sind wir uns während eines Skiurlaubs über die Feiertage wieder begegnet. Nichts an diesen beiden Ereignissen hatte irgendwas mit unserem normalen Leben zu tun. Außer, dass sie in meinem Fall meine Schwester und meinen besten Freund kennengelernt hat.

„Ich hatte nicht grade die beste Kindheit, Alex." Sie presste diesen Satz förmlich heraus und wandte ihren Blick schnell ab.

Ah, vielleicht der erste Hinweis auf das Leben meiner Kleinen.

„Viele Leute hatten nicht die beste Kindheit. Ich bin nur neugierig. Ich möchte dich kennenlernen", antwortete ich in sanftem Ton.

Delilahs Blick hüpfte zu mir und wieder weg. Ein erleichterter Blick ging über ihr Gesicht, als der Kellner mit unseren Getränken kam.

Einen Augenblick später nahm ich einen Schluck. „Wow, ist das lecker", stieß ich hervor, als ich mein Glas auf den Tisch stellte.

Delilah lächelte. „Ja, ich habe nicht gewusst, dass ich Met mag, bis ich ihn probiert habe. Wirklich köstlich."

„Erzähl mir mehr von deinem Leben", forderte ich sie auf.

Delilah neigte den Kopf zur Seite und kniff sich in den Nasenrücken, bevor sie einen Seufzer ausstieß. „Also gut. Mein Dad ist Alkoholiker. Aber bevor du jetzt das Schlimmste annimmst: Er hat uns nicht verprügelt oder so. Er konnte einfach nur keinen Job behalten. Deshalb habe ich deinen Brief auch nie bekommen. Die beiden wurden auf die Straße gesetzt, als ich im Camp war. Ich glaube nicht, dass wir jemals länger als ein paar Monate an einem Ort gewohnt haben. Mir war klar, dass er vom Alkohol abhängig war, aber es war trotzdem scheiße."

Ich hätte Delilah am liebsten in meine Arme genommen. Während sie sprach, hob sie ihr Kinn an und ihr Blick war so energisch, wie ich ihn kannte.

„Was ist mit deiner Mom?"

Ein reumütiges Lächeln umspielte ihre Lippen. „Sie hat ihr Bestes gegeben, unter nicht gerade günstigen Umständen. Ich habe mir immer gewünscht, dass sie ihn verlässt. Wenn sie nicht die ganze Zeit gearbeitet hätte, hätten wir manchmal nicht mal was zu essen auf dem Tisch gehabt."

„Was macht sie denn so?"

„Nichts Besonderes. Meine Oma hat auf ihrem Grundstück ein Gewächshaus und einen Gartenbaubetrieb geführt, und meine Mom hat ihr dabei geholfen. Dort leben meine Eltern jetzt. Mein Dad hätte im Gartenbau mithelfen können, aber er war zu unzuverlässig. Das ist alles. So sind meine Eltern und so war meine Kindheit."

Bei diesen Worten verzog sich Delilahs Mund und sie wandte schnell den Blick ab, um aus dem Fenster zu schauen. Ich hatte gar nicht bemerkt, dass ich nach ihrer Hand gegriffen hatte, bis sich meine Finger um ihre legten und ich spürte, wie kalt sie sich anfühlte. Mit einem leichten Ruck warf sie ihren Kopf in meine Richtung.

„Dir ist kalt", stellte ich fest.

„Meine Hände sind im Winter normalerweise kalt."

Ich nahm an, dass das stimmte, aber ich konnte das leichte Zittern spüren, das sie durchfuhr. Offensichtlich war ihre Familie ein wunder Punkt für sie.

„Es tut mir so leid, dass deine Kindheit so beschissen war", begann ich schließlich, denn ich wusste, dass Delilah offene und direkte Worte schätzte.

Sie zuckte mit den Schultern. „Schon gut. Das Leben ist nun mal nicht fair, oder? Aber deine Familie klingt nett. Ich mag Holly."

Meine Familie war großartig, und ich wusste, dass ich mich glücklich schätzen konnte. Auch wenn meine Zwillingsschwester mich manchmal in den Wahnsinn trieb, liebte ich sie. Sie würde für mich durchs Feuer gehen, so wie ich auch für sie.

„Vielleicht kann ich dich überreden, mal nach Willow Brook zu kommen. Ich schätze, es könnte dir gefallen."

„Vielleicht", antwortete Delilah, wobei ihr Tonfall vorsichtig zurückhaltend war.

Delilah war niemand, die sich allzu große Hoffnungen machte. Ihre Zweifel standen ihr förmlich ins Gesicht geschrieben, also beließ ich es dabei.

Schließlich kam unser Essen, und es war köstlich. Danach fuhren wir nach Hause. Und wieder einmal hatten wir die Art von Sex, die mich alles andere vergessen ließ.

Kapitel Siebzehn

DELILAH

„Ich weiß, dass wir uns noch nie begegnet sind, aber ich werde dich trotzdem umarmen", verkündete Shay, als sie auf Alex zuging.

Wir hatten uns zum Abendessen getroffen, das Dani vorgeschlagen hatte, nur dass Dani arbeiten musste, sodass nur Alex und ich mit Shay und Jackson da waren. Dani machte mir mit ihrem Hang zur ständigen Arbeit locker Konkurrenz. Da ihr Verlobter Wade heute Abend als Rettungssanitäter im Einsatz war, hatte er ebenfalls auf das Abendessen verzichtet.

Alex zuckte freundlich mit den Schultern. Er war unkompliziert und es machte ihm nichts aus, von einer Fremden umarmt zu werden.

Shay war Remys kleine Schwester. Wir waren zusammen auf die Highschool gegangen, und Remy war uns ein paar Jahre voraus gewesen. Shay war mittlerweile mit Jackson Stone verlobt. Soweit ich das beurteilen konnte, waren die beiden wahnsinnig verliebt. Eine Liebe wie im Märchen.

„Du musst Jackson sein", stellte Alex fest, nachdem Shay von der Umarmung zurückgetreten war.

Da warf Jackson lachend den Kopf zurück und die beiden klopften sich gegenseitig auf die Schulter. „Remy ist einer meiner besten Kumpel. Du kannst ihm sagen, dass die Umarmung für ihn war."

Alex grinste. „Geht klar, Mann." Dann sah er sich im Restaurant der Lodge um. „Schicker Laden hier. Remy hat mir erzählt, dass er dir gehört."

„Setzen wir uns", schlug Jackson vor und bedeutete uns, ihm zu folgen.

Ich war schon mal in diesem Restaurant gewesen, aber nicht oft, denn es war nicht gerade günstig. Da es Jackson gehörte, erhielten wir einen tollen Tisch am Fenster mit Blick über das Tal. Die Sonne ging gerade unter und tauchte die Berge in ein rauchiges Blau mit silbernen und lavendelfarbenen Schattierungen.

„Meine Schwester und ich haben die Farm von unseren Eltern geerbt", erzählte Jackson, nachdem wir Platz genommen hatten. „Mein Dad hat vor seinem Tod eine Rettungsstation für Tiere gegründet. Also haben wir heute eine Tierklinik im ursprünglichen Teil der Farm. Diese Scheune ist für unsere Gäste, und im Obergeschoss haben wir auch Zimmer."

„Ihr habt da etwas ganz Tolles aufgebaut", stellte ich aufrichtig fest.

„Danke, Delilah", erwiderte Jackson und senkte den Kopf. „Wir sind stolz darauf."

„Die Besitzer des Lost Deer lieben es. Sie liefern ihren Wein und ihr Bier hierher", antwortete ich und bezog mich dabei auf die Besitzer der Bar, in der ich arbeitete.

„Diese Geschäftsbeziehung ist für beide Seiten von Vorteil", antwortete Jackson.

Wir hatten ein entspanntes Abendessen, das ich sogar genießen konnte. Ich war so eingespannt, dass ich nur selten Zeit hatte, mich mit Freunden zu treffen. Zwar traf ich Shay an der Bar, wenn sie mal vorbeikam, und auch die meisten meiner Freunde, aber ich war immer am Arbeiten.

„Wie ist es dir so ergangen, Delilah?", fragte Shay, und ihre grünen Augen funkelten. „Deine Reise nach Alaska scheint ein wahrer Segen gewesen zu sein.“

Ich spürte, wie meine Wangen leicht rosa wurden, und zuckte mit den Schultern. Shay warf einen kurzen Blick in Alex' Richtung, aber der war damit beschäftigt, sich mit Jackson über seinen Job als Flugzeugmechaniker zu unterhalten.

„Er scheint nett zu sein“, stellte sie mit leiser Stimme fest.

„Das ist er wirklich“, antwortete ich aufrichtig.

Alex an meiner Seite zu haben, war zwar keine große Sache, aber es war dennoch eine merkwürdige Erfahrung für mich. Ich datete einfach nicht. Ich hätte nie im Leben damit gerechnet, dass jemand mit mir eine längere Beziehung eingehen wollte. Genauer gesagt, wollte ich mich auf nichts und niemanden verlassen. Schon gar nicht auf einen Mann.

„Er ist extra deinetwegen hergeflogen, also muss er dich mögen.“

Da wurden meine Wangen noch heißer. Shay lächelte. „Ich möchte doch nur, dass du glücklich bist.“

Dann fragte Jackson sie etwas und sie ließ es dabei bewenden.

Wieder endete ein Abend damit, dass ich mich eng an Alex schmiegte. Dieser Mann war einfach bezaubernd, und ich würde es sehr vermissen, in seinen Armen einzuschlafen.

Kapitel Achtzehn

DELILAH

„Würdest du gerne meine Eltern kennenlernen?"

Alex kaute auf einem Brötchen herum und nickte.

„Ich bin mir nicht sicher, ob das möglich ist, da du ja morgen abreist, aber sobald du uns wieder besuchst, werde ich versuchen, dich ihnen vorzustellen." Ich sprach nicht all meine Gedanken laut aus – dass ich nicht mal versucht hatte, ein Treffen zwischen ihm und den beiden zu organisieren. Obwohl ich mich dafür ein wenig schämte, war es ja nicht so, dass ich meine Eltern wöchentlich sah. Vielleicht einmal im Monat oder so. Alex war so freundlich, das Ganze auf sich beruhen zu lassen. Ich spürte, dass er sehr wohl erkannt hatte, wie heikel die Sache mit meinen Eltern war, und deshalb bedrängte er mich nicht weiter. Ein wenig ärgerte mich das, weil es nur zeigte, wie sehr er mich verstand. Und genau das jagte mir eine Heidenangst ein.

Niemand hatte je meine Eltern kennenlernen wollen. Aber ich war auch noch nie lange genug mit jemandem zusammen gewesen, als dass er mich hätte fragen können. Dabei waren Alex und ich gar nicht zusammen. Wir führten dieses seltsame Zwischenspiel, das sich gar nicht wie mein richtiges Leben anfühlte. Und doch war diesmal alles anders.

Alex war hier. In meiner Welt. Er arbeitete in Asheville,

während ich zwischen meinen Schichten in der Bar und dem abendlichen Pauken für die Krankenpflegeschule hin- und herpendelte. Er war unglaublich nett zu mir. Er sah fern und legte meine Beine auf seinen Schoß, während ich auf meinem Laptop herumtippte.

Mir gefiel das. Zu oft ertappte ich mich dabei, wie ich mir vorstellte, wir wären ein echtes Paar. Das wäre vielleicht schräg. Nachdem ich in meiner Kindheit viel zu viele Enttäuschungen und Trennungen erlebt hatte, hatte ich gelernt, meine Erwartungen niedrig anzusetzen.

Mir würden schon ein stabiles Einkommen und eine Wohnung reichen, die mir gefiel. Wenn ich selbst entscheiden könnte, wo ich wohne und was ich tue. Mir wäre es schon genug, Single zu bleiben, auch wenn ich mir mehr wünschte, denn dann müsste ich mir keine Sorgen machen, dass mich irgendjemand im Stich lassen könnte. Und es wäre toll, nicht in einem Haushalt mit einem Alkoholiker zu leben.

Fast jeden Tag ertappte ich mich dabei, dass ich Alex am liebsten erzählt hätte, dass mein Vater krank ist und im Sterben liegt. Aus Gründen, die ich nicht verstand, nicht einmal ansatzweise, fiel es mir schwer, mit ihm darüber zu sprechen. Es erschien mir so persönlich.

Aber sich mit ihm nackt auszuziehen und jede Nacht wilden und innigen Sex zu haben, ist doch auch ziemlich persönlich, meldete sich meine abfällige und stets kritikbereite Stimme zu Wort.

Heute Abend war unser letzter gemeinsamer Abend, bevor Alex zurück nach Alaska fliegen würde. Ich hasste es, wie sehr ich ihn vermissen würde. Jetzt würde es noch schlimmer werden als zuvor. Ich hatte einen Vorgeschmack auf ihn in meinem täglichen Leben erhalten, und ich hatte jede Minute davon genossen.

„Könntest du nicht mal ein wenig daran arbeiten, nur ein klein wenig ein Arschloch zu sein?" fragte ich.

Alex blickte zu mir herüber, während er den Fernsehsender wechselte. Meine Waden ruhten auf seinem Schoß. Er rieb gedankenverloren einen meiner Füße, was er oft tat. Da ich als

Barkeeperin stundenlang auf den Beinen war, war das ein besonders himmlisches Vergnügen.

„Ein klein wenig ein Arschloch sein?" Er zog eine seiner dunklen Brauen in die Höhe.

„Ja, zum Beispiel ein Handtuch auf dem Boden liegen lassen oder dein Geschirr auf dem Couchtisch." Ich deutete in Richtung des leeren Tellers, der dort stand. Ich wusste, dass er ihn in die Küche tragen, abspülen und in die Spülmaschine stellen würde, sobald er das nächste Mal von der Couch aufstand. Wir hatten uns heute Abend bei einem Thailänder in Asheville etwas zu essen geholt. Oder besser gesagt, Alex hatte es geholt und nach Hause gebracht. Er hatte gewusst, dass ich heute Abend einen meiner Onlinekurse hatte, und er hatte sich nicht mal darüber beschwert, obwohl das hier sein letzter Abend war.

„Du könntest dich auch darüber beschweren, dass ich heute Abend einen Kurs habe." Ich klappte meinen Laptop zu und schob ihn auf den Couchtisch.

„Die Uni ist wichtig für dich. Ich habe ja gewusst, dass ich irgendwann wieder meine Siebensachen packen würde. Keine große Sache", antwortete er leichthin.

Dann musterte er mich mit diesem durchdringenden Blick, den er manchmal hat. Ich hätte mich am liebsten ein wenig zusammengekrümmt. Ein Teil von mir genoss es, wie gut Alex mich zu verstehen schien. Ein anderer Teil von mir jedoch, ein ziemlich lauter und rechthaberischer Teil von mir, wäre am liebsten über alle Berge verschwunden, sobald ich sein Verständnis spürte.

Ich hatte meine ganze Kindheit damit verbracht, darauf zu warten, erwachsen zu sein und auf niemanden zählen zu müssen, jedoch wünschte ich mir, ich könnte auf Alex zählen. Aber ich lebte hier, und er lebte über sechstausend Kilometer entfernt. Er hatte dort ein Leben und eine Familie – die Art von Familie, die sich jeder wünschen würde.

Da schoss mir die Aussage meiner Mutter durch den Kopf:

Hab doch keine Angst davor, mal was zu riskieren – so überraschend, wie ein nackter Flitzer auf einer öffentlichen Veranstaltung.

Selbst der Gedanke, nach Alaska zu ziehen, machte mir Angst, denn das hieße, dass ich meine Hoffnungen an etwas hängen würde. Oder genauer gesagt, an jemanden – Alex.

„Wenn du nervige Dinge über mich wissen möchtest, ruf einfach Holly an. Die gibt dir eine richtig lange Liste." Bei dieser Bemerkung grinste er spitzbübisch.

Ich musste lachen. „Das würde sie bestimmt, aber sie ist ja deine Schwester. Sie ist voreingenommen, sowohl im Guten als auch im Schlechten."

„Ich habe die Preise gecheckt. Ich kann dir ein Ticket nach Alaska besorgen, wenn deine Ferien anstehen. Das ist in etwa sechs Wochen, richtig?", fragte Alex in einem vorsichtig lockeren Ton.

Genau das schätzte ich an ihm. Er verstand mich. Er wusste, dass mich das verunsichern würde, also sagte er es so beiläufig, als würde er über das Wetter reden.

Ich schluckte und wollte, dass sich mein Herz beruhigte. Mein Herz wollte das aber nicht und tobte in meiner Brust. Es war, als wäre ein Schwarm kleiner Vögel in einem Baum zusammengekommen, die alle auf einmal schrien und den Himmel mit einem lauten Stimmengewirr erfüllten.

„Keine Ahnung", sagte ich und griff entnervt nach dem Rand der Decke, die auf der Couchlehne lag, und rieb den weichen Stoff zwischen meinen Fingern.

„Das weiß ich doch. Überlege es dir einfach. Ich bitte dich. Ich weiß, dass du schon mal in Alaska warst, aber ich möchte, dass du nach Willow Brook kommst. Damit du dir ansehen kannst, wo ich aufgewachsen bin und Holly besuchen kannst. Das würde ihr bestimmt gefallen. Sag mir einfach bis nächste Woche Bescheid, einverstanden?"

„Einverstanden." Ich war erleichtert, dass er nicht weiter darauf einging, aber gleichzeitig war ich auch enttäuscht. Ich wollte doch, dass er mehr darum bettelte. Großer Gott! Es reichte nicht, dass er mir anbot, mir ein verdammtes Flugticket zu kaufen. Und die waren beileibe nicht billig.

Danach tat Alex genau das, was ich von ihm erwartet hatte, und räumte seinen Teller in die Spülmaschine und spülte sogar das Geschirr, das ich in der Spüle gelassen hatte. Als ich aus dem Bad kam, sah ich, wie er den Geschirrspüler einschaltete. Ich durchquerte die Küche, lehnte mich mit den Hüften gegen den Tresen und stützte meine Hände am Rand ab. „Siehst du, du weißt überhaupt nicht, wie man ein Arschloch ist."

Da wandte sich Alex um. Innerhalb einer Nanosekunde verfinsterten sich seine Augen, und in mir breitete sich Hitze aus, die mich von Kopf bis Fuß durchdrang. Er näherte sich mir blitzschnell, hob mich hoch und ließ meine Hüften auf den Tresen gleiten, bevor ich überhaupt begriff, was da gerade geschah.

Er stellte sich zwischen meine Knie und zog mich gegen seine Erektion. Ich spürte, wie seine pralle, harte Länge gegen mich drückte. Wurde mir der glitschigen Hitze an der Spitze meiner Oberschenkel bewusst. Ich war bereits klatschnass. Alex gab mir das Gefühl, wahnsinnig bedürftig zu sein. Ich war nicht nur völlig von der Tiefe seiner Gefühle überwältigt, sondern fühlte mich durch die ungeheure Kraft meines Verlangens nach ihm noch verletzlicher.

Die einzige Erleichterung in all dem inneren Tumult war, dass ich mich in dem Augenblick, in dem er mich küsste, einfach vergessen konnte. Zum Glück. Vor Alex war ich daran gewöhnt gewesen, dass mein Gehirn halbwegs eingeschaltet war, wenn ich Sex hatte.

Ich konnte mich nicht über andere Männer im Speziellen beschweren. Es war nur so, dass kein anderer meine Aufmerksamkeit gründlich genug gefesselt hatte, um meine Gedanken mit dem Strom der Leidenschaft fortzuspülen. Ich hatte mich immer dabei ertappt, über Hausaufgaben nachzudenken, mich an meinen Dienstplan zu erinnern oder mir Sorgen über Rechnungen zu machen. Das Alltägliche war stets in der Lage gewesen, einen Augenblick der Lust zu unterbrechen. Außer bei Alex.

Ich blickte in seine schokoladenbraunen Augen und mein Herz machte einen süßen Sprung in meiner Brust. Mein Atem stockte, als ich versuchte, nach Luft zu schnappen. Ich konnte das Rauschen des Blutes in meinen Ohren mit dem donnernden Schlag meines Herzens hören, während Alex mich musterte. Mir fiel es schwer, ihn anzuschauen, denn schon morgen würde er abreisen.

Er rettete mich vor mir selbst, indem er seinen Kopf senkte und einen heißen Kuss auf meinen Hals drückte, direkt hinter meinem Ohr. Diese Stelle war so empfindlich, dass ein Schauer durch meinen ganzen Körper lief, meine Haut kribbelte und flüssiges Verlangen breitete sich wie Lava in meinen Adern aus.

„Alex", keuchte ich, als er mit seiner Zunge an meinem Schlüsselbein entlangfuhr.

„Ja, Schatz?"

Seine Hand schob sich unter mein Shirt, umfasste eine meiner Brüste und reizte die ohnehin schon harte Brustwarze bis zum schmerzhaften Höhepunkt. „Ich brauche ..." Ich konnte nicht mal mehr einen klaren Gedanken fassen, und meine Worte endeten in einem Stöhnen. Was brauchte ich? Ich hatte keine Ahnung. Ich brauchte es einfach.

„Ich bin ja da", murmelte er.

Er war für mich da – mit Körper, Herz und Seele.

Wir zogen uns in Windeseile aus und stolperten ins Schlafzimmer. Alex hatte irgendwas davon gesagt, dass er sich Zeit lassen müsse.

Ich war nackt und erregt, meine Haut war feucht. Ich rieb meine Beine aneinander und spürte den Saft meiner Erregung an der Innenseite meiner Oberschenkel.

Alex hatte seine Jeans ausgezogen und stand am Fußende des Bettes. Sein hungriger Blick wanderte an meinem Körper auf und ab. Ich spürte ihn förmlich auf meiner Haut, kleine Feuerstöße überall, wo seine Augen landeten.

Die Matratze gab unter seinem Gewicht nach, als er sich auf einem Knie niederließ. Er schlang seine Hände um meine Knöchel und schob sie sanft und sicher nach oben, während er meine Knie auseinanderdrückte. Dabei murmelte er etwas. Ich wusste nicht mal, was es war, aber ich spürte es, versaut und süß zugleich. Er verteilte heiße Küsse auf den Innenseiten meiner Oberschenkel und meine Hüften schaukelten in dem Augenblick, als seine Finger leicht durch meinen Spalt fuhren.

„So feucht", murmelte er.

„Alex", flehte ich.

Also gab er mir, was ich brauchte, und versenkte zwei Finger in meinem Kanal. Sobald er sie wieder herauszog, wimmerte ich widerstrebend. Aber dann leckte er mein Innerstes, und ich stöhnte laut auf.

Meine Finger verfingen sich in seinen Haaren und mit der anderen Hand umklammerte ich das Laken. Alex liebte mich mit seinem Mund, brachte mich fast um den Verstand, aber holte mich immer wieder zurück. Es fühlte sich fast so an, als wäre ich aus Lust gemacht, jede Zelle spannte sich an und bettelte nach mehr.

Schließlich erhob er sich, gerade, als ich wieder seinen Namen rief. „Süße, ich möchte, dass du kommst", verkündete er.

Ich riss die Augen auf und sah, wie er seinen Schwanz massierte. Er zog die Eichel zwischen meinen Schamlippen hin und her und jedes Mal, wenn die breite Spitze über meine Klitoris streichelte, stürzte ich fast vornüber ins Vergessen.

„Alex", flehte ich. Dafür schämte ich mich nicht, und dieser Mann brachte mich zum Flehen wie kein anderer.

„Ich bin ja da, Süße", murmelte er, bevor er seinen Schwanz an meinem Eingang ansetzte und in einem langsamen Zug in mich eindrang.

Kapitel Neunzehn

ALEX

Delilahs heißer, seidiger Kern umhüllte mich. Fast wäre ich sofort gekommen, aber ich biss die Zähne zusammen und hielt mich unter Kontrolle. Ihr dunkles Haar lag durcheinander auf den Kissen, und ihr Blick hielt meinen fest.

Ich beugte mich über sie und stützte mich auf einen Ellbogen, während ich ihr die Haare aus dem Gesicht strich. Da schlang sie ihre Beine um meine Hüften und wölbte sich mir entgegen. „Alex.“

Mein Herz fühlte sich an wie aufgesprengt. Es gefiel mir, wenn sie meinen Namen sagte. Nur wenn wir Sex hatten, gab sie sich dermaßen ungeschützt. Zusammen waren wir so unglaublich gut.

Sobald ich mich zurückzog, spürte ich, wie sie begann, sich um meinen Schwanz zusammenzuziehen, sodass ich wieder in sie eindrang, bis ihr Kanal mich fest umschloss. Noch ein langsames Gleiten und ihr ganzer Körper zitterte, während sie aufschrie.

Meine Eier spannten sich an und alles begann zu knistern, bevor meine Erlösung durch mich hindurchschoss. Ich kam so heftig, dass ich gegen sie sackte. Plötzlich sah ich Sterne. Als ich wieder klar sehen konnte, rollte ich mich auf den Rücken und zog sie auf mich. Ich spürte den schnellen Schlag ihres Herzens, das zusammen mit meinem schlug.

Am liebsten hätte ich sie nicht mehr losgelassen. Wäre morgen nicht weggefahren. Ich hielt sie fest und strich mit meinen Händen durch ihr Haar, denn ich wusste, dass ich alles kaputt machen würde, wenn ich sie zu sehr oder zu schnell unter Druck setzte.

Kapitel Zwanzig

DELILAH

Ich bog in die Straße ein, die zum Flughafen führte und fühlte mich innerlich ein wenig krank. Dabei hatte ich versucht, diesen Morgen normal zu gestalten. Wir tranken Kaffee und ich machte Omeletts zum Frühstück. Alex bestand darauf, mir beim Aufräumen zu helfen, was mich total nervte.

Er hatte seinen Mietwagen vor zwei Tagen zurückgebracht, nachdem ich darauf bestanden hatte, ihn zum Flughafen zu bringen. Jetzt bereute ich diese Entscheidung, weil ich mir wie eine alberne Gans vorkam. Ich würde ihn vermissen, und dieser bevorstehende Abschied bewegte sich mit Lichtgeschwindigkeit auf mich zu. Doch ich war nicht bereit, diesen Schlag einzustecken.

Je weiter ich die Straße zum Flughafen entlangfuhr, desto mehr hatte ich das Gefühl, dass die Schilder mich regelrecht bedrängten. Ich musste mich zwischen einem Kurzzeitparkplatz und der Möglichkeit entscheiden, ihn einfach am Bordstein abzusetzen. Selbst diese Entscheidung fühlte sich bedrohlich an. Ich wusste nicht, was ich tun sollte. Hätte Alex nicht mit mir im Auto gewesen, wäre ich wahrscheinlich ein paar Runden gefahren, während meine Gedanken mit sich selbst auf Kriegsfuß standen.

Aber es war, als hätte er meine Gedanken lesen können, als er über die Mittelkonsole griff und seine Hand auf meinen Oberschenkel legte. „Wenn es für dich einfacher ist, setz mich einfach am Bordstein ab. Du kannst ohnehin nicht mit zum Gate kommen."

Plötzlich wusste ich die Antwort. „Ich bringe dich zur Sicherheitskontrolle", verkündete ich.

Da weiteten sich seine Augen vor Überraschung, und ich lächelte. Es gefiel mir, Alex zu überraschen, selbst bei so einer Kleinigkeit.

Wir sprachen nicht miteinander, während Alex seine Tasche holte und wir gemeinsam durch das Parkhaus zum Flughafen gingen. Ich wartete, während er eincheckte. Natürlich gab er keine Tasche auf. Der Mann hatte genug Kleidung für zwei Wochen in seinen Rucksack gepackt, was ich ziemlich bemerkenswert fand.

Auf dem Weg zur Sicherheitskontrolle griff er nach meiner Hand. Ich schaute mich nach all den anderen Leuten um, die an uns vorbei durch den Flughafen eilten, und fragte mich, ob es wohl auch anderen Leuten so ging wie mir.

Als wir zum Wartebereich für die Sicherheitskontrolle kamen, hielt er inne und wandte sich mir zu. Er ließ seinen Rucksack von der Schulter gleiten und legte ihn neben seinen Füßen auf den Boden.

Dann nahm er meine beiden Hände in die seinen und musterte mein Gesicht mit ruhiger Miene. „Hast du dir schon überlegt, ob du mich in den Ferien besuchen kommst? Du kannst es mir auch noch nächste Woche sagen, wenn du lieber noch eine Nacht drüber schlafen möchtest."

Ich hatte mich zwar entschieden, aber ich war so ein Angsthase, dass ich mich nicht traute, es ihm zu sagen. Also schluckte ich den Kloß in meinem Hals runter und nickte.

„Heißt das jetzt 'Ja, du kommst' oder eher 'Ja, du hast dich schon entschieden'?" Ein Lächeln umspielte seine Mundwinkel.

„Ja", flüsterte ich. „Ich komme. Obwohl ich nicht sicher bin, wie ich mich dabei fühle, dass du mir das Ticket besorgst."

Ich konnte es nicht lange ertragen, ihn anzusehen, also senkte ich meinen Blick zu Boden und betrachtete unsere Füße. Ich hatte wie er Tennisschuhe angezogen, nachdem er gemeint hatte, er brauche etwas Bequemes, da er über zwölf Stunden im Flugzeug sitzen müsse.

Schließlich ließ er eine meiner Hände los und hob mein Kinn leicht an. Ich schaute ihm wieder in die Augen und hoffte, dass er nicht bemerkte, dass ich kurz davor war, in Tränen auszubrechen. Die schiere Freude in seinem Blick ließ mein Herz wie verrückt hämmern.

„Großartig. Sobald ich gelandet bin, kümmere ich mich um die Tickets und schicke dir eine E-Mail. Einverstanden?"

„Einverstanden." Ich brachte kaum mehr als ein Flüstern zustande.

Über den Flughafenlautsprecher ertönte eine Durchsage, und eine Familie eilte an uns vorbei. Dabei ließ eines der Kinder eine Tasche fallen. Eine Frau hob sie auf, und sie gingen weiter.

„Ich sollte jetzt besser los", sagte er.

Dann schloss Alex mich in seine Arme und umarmte innig, sodass ich mich unglaublich sicher fühlte. Ich schmiegte meinen Kopf an seiner Brust und atmete seinen Duft ein, in der Hoffnung, ihn nie wieder zu vergessen.

Kapitel Einundzwanzig

ALEX

April

„Wann, hast du gesagt, würde Delilah hier sein?", fragte Holly.

Ich warf einen auffordernden Blick auf meine Uhr, als ob sie mit mir sprechen könnte. Holly, meine stets unausstehliche Schwester, der auch jede Einzelheit nicht entging, fügte hinzu: „Du besitzt keine so schicke Uhr mit einem Kalender, Alter."

Nate stieß von der anderen Seite des Tisches ein Glucksen aus. Ich blickte zwischen den beiden hin und her und antwortete: „Ich weiß. Noch drei Wochen. Dann hat sie Ferien."

„Wie läuft die Krankenpflegeausbildung bei ihr?", fragte Holly mit leuchtenden und neugierigen Augen.

„Gut, schätze ich. Als ich zu Besuch war, hat sie jeden Abend ihre Aufgaben erledigt und dann dreimal die Woche Onlinekurse besucht."

„Weißt du, wie weit sie in ihrem Programm ist?", meldete sich Holly mit einer weiteren Frage zu Wort.

„Äh, nein", antwortete ich. „Sollte ich das?"

Holly schürzte ihre Lippen. „Sicher, Dummerchen. Immerhin bist du quer durchs Land geflogen, um zwei Wochen mit ihr zu verbringen, und hast dafür bezahlt, dass sie für eine weitere Woche hierherkommt. Du solltest alles wissen."

„Über ihre Ausbildung zur Krankenschwester?" Ich war wirklich verblüfft.

Nate, ganz der beste Kumpel, lehnte seine Ellbogen auf den Tisch und sah mich mitfühlend an. Wir waren in der Wildlands Bar, einer beliebten Bar und einem Restaurant in der Nähe. Ich hatte Nate zufällig in seinem Flugzeughangar getroffen, als ich mich um ein paar Reparaturen an einem anderen Flugzeug gekümmert hatte, und er hatte vorgeschlagen, zum Abendessen hierher zu kommen. Natürlich war Holly hier auch zu uns gestoßen.

„Holly denkt, du bist verliebt. Das bedeutet im Umkehrschluss, alles über eine Frau zu wissen, egal wie unwichtig es für eure Beziehung ist", erklärte Nate grinsend.

„Weiß Nate auch alles über deine Arbeit?", fragte ich und sah meine Zwillingsschwester an.

„Klar", erwiderte sie schroff.

Als ich meinen Blick zu Nate schweifen ließ, wusste ich ganz genau, dass dem nicht so war. „Ich wette, er kennt nicht mal deinen Dienstplan für morgen. Und auch nicht den von nächster Woche. Und ich bin mir sicher, dass du seinen auch nicht kennst."

Holly biss sich auf die Lippe und streckte mir dann die Zunge heraus.

„Na klasse, wie erwachsen. Ich rede mit Delilah und finde heraus, wie weit sie in ihrer Ausbildung ist."

„Wenn sie hierherzieht, kann sie ihr Krankenpflegepraktikum im Krankenhaus machen", freute sich Holly und rieb ihre Hände aneinander.

„Ich weiß nicht, ob wir schon so weit sind, quer durch das Land zu ziehen."

Als ich Hollys Vorschlag hörte, machte mein Herz einen komischen Satz in meiner Brust. Selbst wenn ich dort leben würde, wo Delilah lebte, ob das nun hier, in North Carolina oder sonst wo war, wusste ich, dass ich mich gehörig anstrengen musste, um sie zu überzeugen, dass wir etwas Echtes haben könnten. Ihre Zurückhaltung und ihr Zynismus hatten ganz neue Höhen erreicht.

Holly warf mir einen weiteren gezielten Blick zu. „Nun, Delilah wird sicherlich nicht darüber nachdenken, wenn du so viele Zweifel hast. Dabei höre ich so viele tolle Geschichten über Leute, die aus ganz anderen Teilen der Welt kommen und sich ineinander verlieben. Sie bringen alles übereinander in Erfahrung, bevor sie tatsächlich zusammenziehen. Ich finde, das ist eine wirklich klasse Art, jemanden kennen zu lernen. Ihr solltet die Entfernung ausnutzen.“

„Sagt das Mädchen, das meinen besten Freund aus Kindertagen geheiratet hat. Ihr beide kennt euch schon, bevor ihr euch überhaupt erinnern könnt“, murmelte ich.

Nate gluckste, lehnte sich in der Sitzecke zurück und legte seinen Arm auf Hollys Schultern. „Da hat er recht.“

Holly schüttelte den Kopf und stieß einen kleinen Brummton aus. „Er kennt Delilah ja auch nicht, seit sie Kinder waren. Ich versuche nur, über seine Situation zu reden, nicht über meine.“

„Was hast du da gerade gesagt?“

Delilah am anderen Ende schwieg. Ihr Seufzen drang durch die Telefonleitung und ich spürte, dass sie verärgert war. Ich hingegen war bestürzt und verunsichert.

„Mein Vater ist krank.“

Ich erinnerte mich daran, wie sorgfältig sie es vermieden hatte, mich ihren Eltern vorzustellen, selbst, nachdem ich sie danach gefragt hatte. Langsam wurde mir schmerzlich bewusst, wie wenig ich über Delilah wusste. Es ging nicht nur um ihre Ausbildung. Es ging um alles.

„Wie krank?“, fragte ich.

„Er liegt im Sterben", flüsterte sie.

„Das tut mir leid", antwortete ich und meine Stimme klang heiser. „Warum hast du das nicht schon früher gesagt?"

Ich versuchte, mir ihr Gesicht vorzustellen und stellte mir vor, wie ihre Augen mich misstrauisch betrachteten, weil ich genau wusste, dass sie es nicht mochte, wenn ich persönliche Fragen stellte. Gerade jetzt hatte ich das Gefühl, dass sie mich wohl nie ganz an sich heranlassen würde. In unserem Fall lag fast ein ganzer Kontinent zwischen uns.

„Keine Ahnung. Ich spreche nicht viel über mein Privatleben. Mit niemandem. Das bin ich nicht gewohnt. Als ich aufgewachsen bin, durfte ich keine Freunde einladen, weil es zu Hause so schwierig war, also habe ich es mir angewöhnt, nicht darüber zu reden", erklärte sie.

„Wann hast du erfahren, dass er krank ist?", fragte ich vorsichtig.

„Kurz nachdem ich vom Skiurlaub zurückgekommen bin."

Ich konnte die Abwehrhaltung in ihrem Tonfall hören. Da kam mir in den Sinn, dass es nicht sehr hilfreich war, sich darüber aufzuregen, dass sie es mir nicht gesagt hatte. Es waren nicht die Einzelheiten, die mich nervten. Es war die Erkenntnis, wie sehr sie sich vor mir versteckt hatte.

„Wolltest du deshalb nicht, dass ich deine Eltern kennenlerne, als ich zu Besuch war?"

„Wahrscheinlich. Alex, nimm das jetzt bitte nicht persönlich. Meine Mom und ich reden miteinander, aber zu meinem Dad habe ich keinerlei Verbindung. Habe ich noch nie gehabt. Er hat Darmkrebs, und es sieht nicht gut aus. Meine Mutter hat gesagt, dass die Ärzte ihm nur noch ein paar Monate geben."

„Das tut mir so leid, Delilah." Meine Worte schienen nicht im Ansatz das zu sein, was sie brauchte. Ich hätte sie am liebsten in den Arm genommen.

Da ich aus einer liebevollen Familie stammte, fiel es mir schwer, mir vorzustellen, wie sie sich fühlen musste. Ich wünschte, ich könnte ihr Gesicht sehen. „Können wir auf Videocall umschalten?", fragte ich, während mein Mund meinen Gedanken vorauseilte.

Delilah schwieg ein paar Sekunden lang, die Stille in der Telefonleitung war bedrückend. „Na gut", flüsterte sie schließlich.

„Ich lege jetzt auf und rufe gleich zurück."

Sobald ich den Knopf drückte, um den Anruf zu beenden, wurde mir klar, dass sie vielleicht gar nicht mehr rangehen würde. Ich tippte auf die Schaltfläche für den Videoanruf, wählte ihre Nummer und wartete. Mein Atem ging stoßweise, als sie endlich abhob. Sie mochte Videocalls eigentlich gar nicht. Ich habe ja jeden Abend versucht, sie dazu zu überreden, aber sie war immer sehr zurückhaltend.

Ich spürte, dass ich genau wusste, warum. Bei einem Videocall konnte man nirgendwo hinsehen, außer zueinander.

„Hey", sagte ich leise, als ich ihr Gesicht sah. Ihre Augen und ihr Mund waren angespannt, und sie sah müde aus.

„Scheiße", begann Delilah und strich sich nervös die Haare aus dem Gesicht. „Du bist so lieb und nett und ich bin es einfach nicht gewohnt, dass jemand überhaupt danach fragt. Ich hoffe, du nimmst mir nicht übel, dass ich nicht schon früher gesagt habe, was mit meinem Vater los ist."

So verrückt das auch klingen mochte, ihre Sorge machte mich ein wenig glücklich. Nicht, weil ich mir wünschte, dass sie sich Sorgen machte. Nein, das versetzte meinem Herzen heftige Kratzer und ich hasste es, dass sie Tausende von Kilometern von mir entfernt war. Doch ihre Sorge bedeutete, dass sie verstand, dass mir das alles wichtig war, dass sie mir wichtig war. Und das fühlte sich unglaublich an, wie eine unglaubliche Leistung.

„Schon gut", antwortete ich. „Das mit deinem Dad tut mir wirklich leid. Gibt es denn irgendetwas, was ich tun kann?"

Delilahs hübscher Mund verzog sich, als sie ihren Kopf schüttelte. „Nein. Es ist einfach nur schräg. Ich bin gestern zu ihm gefahren, als meine Mom gesagt hat, dass er vielleicht noch wach sein könnte. Das war er auch, aber er war ziemlich weggetreten. Er erhält bereits Palliativpflege. Er war sein ganzes Leben

lang Alkoholiker und jetzt ist er vollgepumpt mit Schmerzmitteln. Eigentlich gut. Ich möchte doch, dass er sich möglichst
wohl fühlt."

„Ich bin froh, dass es ihm gut geht, auch wenn er nicht mehr
ganz bei sich ist." Ich hielt inne und versuchte, meine Gedanken
zu sammeln. Dann fuhr ich fort, obwohl ich mir nicht mal im
Klaren darüber war, was ich eigentlich sagen wollte. „Ich kann
nicht behaupten, dass ich weiß oder verstehe, was du als Kind
durchgemacht hast, denn meine Kindheit war nicht so. Ich weiß
aber, dass es schwer ist, keine Eltern zu haben, an die man sich
wenden kann, und es tut mir leid, dass du das nicht hattest.
Wenn ich dir irgendetwas geben kann, dann möchte ich dir
einen Ort geben, an dem du das Gefühl hast, dazuzugehören."

Delilahs Blick suchte meinen durch das Display des Telefons.
Ich glaubte, ein kleines Flackern in ihren Augen gesehen zu
haben, aber ich war mir nicht sicher.

„Das wäre toll", sagte sie schließlich. „Erzähl mir doch mehr
von deiner Familie."

„Nun, du kennst ja Holly. Sie ist meine Zwillingsschwester. Es
waren nur sie und ich. Mein Vater ist Pilot, genau wie ich."

„Du bist auch Pilot?", warf Delilah ein.

„Ja, das hatte ich noch gar nicht erwähnt? Ich bin zwar Flugzeugmechaniker, aber ich kann auch fliegen." Sie lächelte und
verdammt, das fühlte sich gut an. „Also ja, wie Nate. Du kennst
ihn noch von Weihnachten, oder?" Auf Delilahs Nicken hin fuhr
ich fort: „Mein Dad war Buschflieger und ist in ganz Alaska
unterwegs gewesen, bevor er in Rente gegangen ist. Meine Mom
ist Krankenschwester. Sie ist im Ruhestand. Na ja, nicht ganz
hundertprozentig. Sie springt ein, wenn im Krankenhaus mal
Not am Mann ist. Bevor du hierher zu Besuch kommst, solltest
du wissen, dass Holly sich in den Kopf gesetzt hat, dass du dein
Praktikum in Willow Brook im Krankenhaus machst. Sie hat mir
auch einen langen Vortrag gehalten, weil ich anscheinend zu
wenig über deine Ausbildung weiß."

Delilah lachte. „Wie geht es Holly? Ich soll nächstes Jahr mein Praktikum machen.“

Mir entging nicht, dass sie Hollys Vorschlag, das Praktikum in Willow Brook zu machen, gar nicht angesprochen hatte, aber ich beschloss, das Thema vorerst ruhen zu lassen. „Holly geht es gut. Meine Eltern sind immer noch zusammen und sie wohnen immer noch in dem Haus, in dem ich aufgewachsen bin. Ob du nun möchtest oder nicht, ich bin mir nicht sicher, ob ich es vermeiden kann, dass du sie kennenlernst, wenn du zu Besuch kommst. Willow Brook ist eine Kleinstadt, und Holly hat ihnen schon von deinem Besuch erzählt. Tut mir leid.“

Sie zuckte leicht mit den Schultern. „Schon gut. Ich habe ja bereits Holly kennengelernt. Und wenn ich mit ihr klarkomme, werde ich doch auch mit deinen Eltern klarkommen, oder?“

„Du kommst mit jedem klar, Delilah.“

Ihre Wangen färbten sich tiefrosa. „Ich habe in fünf Minuten Vorlesung. Ich muss los, denn ich muss mir noch was zu essen aufwärmen, bevor es losgeht.“

„Verstehe. Danke, dass du mir von deinem Dad erzählt hast.“

Delilah nickte. Dann drückte sie zwei Finger an ihre Lippen und hauchte mir einen Kuss zu.

Kapitel Zweiundzwanzig

DELILAH

„Hey, Dee", rief mein Vater und benutzte einen Spitznamen, den er nur mir gegenüber verwendete.

Als ich klein war, habe ich ihn gehasst, weil er für mich für eine gewisse Trägheit stand, wie alles, was er tat. So wie er sich nicht die Mühe machte, einen Job zu behalten, nicht zu trinken und einfach sein Leben zu leben, schaffte er es auch nicht, meinen vollen Namen auszusprechen. Nicht, dass an diesem Spitznamen irgendetwas falsch gewesen wäre. Es war nur so, dass ihn sonst niemand für mich benutzte.

In diesem Moment fühlte sich mein Magen jedoch komisch an. Wie wenn sich ein Aufzug plötzlich in Bewegung setzt oder wenn man Achterbahn fährt und es abrupt bergab geht. Da er der Einzige war, der mich jemals mit diesem Spitznamen angesprochen hatte, würde ich ihn wohl nur noch eine begrenzte Anzahl von Malen zu hören bekommen.

Ich wurde von tiefer Traurigkeit übermannt und musste tatsächlich für einen Augenblick die Augen schließen, als ich mich auf den Stuhl neben seinem Bett niederließ. Als ich sie wieder öffnete, stellte ich fest, dass die Augen meines Vaters, der auf dem Bett lag, geschlossen waren. Er sah gebrechlich aus.

Seine Arme wären dünn, und seine Haut war bleich wie Papier. Es war fast so, als würde das Licht des Lebens in ihm langsam erlöschen. Und das war wohl auch so.

„Hey, Dad. Wie geht's dir?"

„Beschissen", antwortete er schmunzelnd, als er seine Augen öffnete.

Das hatte ich von meinem Dad gelernt. Er war immer direkt und geradeheraus. Sogar wenn es darum ging, dass er ein „sturzbetrunkener Säufer" war. Seine Worte, nicht meine.

Ich drückte seine Hand und war überrascht, wie schwach sein Griff war, als er mich ebenfalls drückte. Ich zog meine Hand zurück, verschränkte meine Finger miteinander und legte sie auf eines meiner Knie. Dabei wippte ich unruhig mit dem Fuß, so wie immer, wenn ich aufgeregt war.

Mein Vater drehte seinen Kopf zur Seite und sah aus dem Fenster neben dem Bett. Heute regnete es, was gut zu meiner Stimmung passte. Ich fühlte mich innerlich so schwermütig und grau wie der Himmel draußen, und der Regen stand für meine unvergossenen Tränen. Ich sprang fast von meinem Stuhl auf, als er mit heiserer Stimme das Wort ergriff.

„Ich weiß, ich war nicht unbedingt der beste Vater. Aber ich hoffe, du weißt, dass ich dich immer geliebt habe und es immer noch tue. Letzte Woche war ich bei einem Treffen der Anonymen Alkoholiker."

Ich war erleichtert, dass er aus dem Fenster schaute, denn mir blieb vor Schreck der Mund offen stehen. Er begegnete meinem Blick, während er sich wieder umwandte und sanft lächelte. „Schon in Ordnung. Klar, dass du jetzt überrascht bist. Immerhin habe ich mein ganzes Leben lang auf die AA geschimpft. Aber ich bin trotzdem hingegangen, weil ich noch eine Sache herausfinden möchte, bevor ich sterbe."

„Und das wäre, Dad?"

Ich fühlte mich wieder wie ein kleines Mädchen. Als würde ich um die Ecke lugen und darauf warten, dass mein Dad das tut, was ich mir immer gewünscht habe – sich zusammenreißen.

„Nun, ich werde wohl nicht mehr trocken und habe auch keine Zeit, die dafür notwendigen Schritte zu ergreifen. Aber ich kann dir sagen, dass es mir leidtut, dass ich zugelassen habe, dass der Alkohol mein Leben und deine Kindheit gestohlen hat."

Mir fiel erst auf, dass ich weinte, als ich spürte, wie eine Träne über meine Wange kullerte. Mein Dad griff langsam zum Nachttisch und reichte mir eine Schachtel mit Taschentüchern. Daraufhin fing ich an zu lachen. Nachdem ich mir die Nase geputzt und die Augen abgetupft hatte, zerknüllte ich das Taschentuch in meiner Hand.

„Das ist jetzt zwar nicht mehr viel wert, aber es tut mir leid", fügte mein Vater hinzu.

Seine blauen Augen sahen mich an, als ich sein Gesicht näher in Augenschein nahm. Er hatte die Haut eines Alkoholikers. Unter der Oberfläche seiner blassen Haut waren jede Menge geplatzter Blutgefäße zu sehen.

„Schon gut, Dad. Es tut mir leid, dass du krank bist."

„Schon in Ordnung. Verdammt, jahrelang habe ich versucht, Schmerztabletten zu bekommen. Das ist mir nie gelungen, aber ich musste zum Arzt, was die Sache noch schwieriger gemacht hat. Und jetzt bin ich total zugedröhnt", stellte er lachend fest.

„Ich möchte, dass du dich wohlfühlst. Bist du sicher, dass es dir nichts ausmacht, dass ich eine Woche lang weg bin?"

„Aber natürlich. Deine Mutter hat erzählt, dass du jemanden kennengelernt hast. Bitte sag mir, dass er kein Problem mit dem Trinken hat."

„Hat er nicht." Ich schüttelte heftig den Kopf und meine Brust fühlte sich ganz eng an.

„Erzähl mir von ihm."

Da saß ich nun in einem Gespräch, mit dem ich nie gerechnet hatte, auf dem Stuhl neben dem Bett meines Vaters und erzählte ihm fast alles, was ich über Alex wusste – wie wir uns im Camp kennengelernt hatten, den Skiausflug, dass Alex mir ein Ticket gekauft hatte. Na ja, bis auf den Sex. Das ließ ich aus.

Ich erzählte, bis meinem Vater die Augen zufielen und er im sanften Rhythmus des Schlafes atmete.

Kapitel Dreiundzwanzig

DELILAH

Später April

Wieder einmal schaute ich aus dem Flugzeugfenster und bewunderte den Anblick der zerklüfteten Bergkette unter mir, deren schneebedeckte Gipfel einen gewaltigen Gegensatz zum blauen Himmel bildeten. Die Meeresoberfläche kräuselte sich im Wind, als sich das Flugzeug im Anflug auf Anchorage senkte.

Sobald wir gelandet waren, begann mein Puls zu rasen. Kaum hatten wir die Erlaubnis bekommen, unsere Mobilgeräte einzuschalten, drehte ich meines auf. Sofort vibrierte es mit einer SMS von Alex.

Alex: *Warte vor dem Sicherheitsbereich.* Am Ende seines einen Satzes erschien ein Emoji mit einem riesigen Lächeln.

Mein Herz raste wie verrückt und hüpfte vor Aufregung in meiner Brust. Minuten später war ich schon mit einer Gruppe von Leuten unterwegs. Hinter den Glastüren, die diesen Teil des Flughafens von dem nicht gesicherten Bereich trennten, sah ich Alex stehen.

Seine Augen suchten die Gruppe von Passagieren ab. Ich spürte ein leises Ziehen in meinem Bauch, als sein Blick auf mir landete. Mein Herz klopfte heftig und mir blieb die Luft im Hals stecken. Er lächelte, und ich spürte, wie sich meine Lippen im Gegenzug nach oben zogen.

Wenn es um Alex ging, fühlte ich mich wie ein kleines törichtes Mädchen. Ich war so aufgeregt, dass ich am liebsten gequiekt hätte und durch die Menge gerannt wäre. Aber ich musste warten, weil ein kleines Mädchen ihre Tasche vor mir fallen ließ und ich fast darüber gestolpert wäre. Sie fing an zu weinen und dann musste ich ihrer Mutter helfen, die auf der anderen Seite die Hand eines anderen Kleinkindes hielt.

Sobald das kleine Mädchen aufgehört hatte zu weinen und sie weitergingen, hob ich meinen Blick und sah, dass Alex immer noch wartete. Ich wusste gar nicht, was ich davon halten sollte, wie zynisch ich doch war. Einen Augenblick lang hatte ich mich tatsächlich gefragt, ob er wohl abgehauen war. Ich meine, das war doch irre. Er war hier, um mich abzuholen. Er hatte mein Flugticket gekauft. Warum sollte er also plötzlich Hals über Kopf verschwinden?

Ich war es nur nicht gewohnt, dass sich jemand für mich so viel Mühe gab. Schließlich trat ich durch die Türen, von wo es kein Zurück mehr gab. Aber das bedeutete auch, dass ich mich in Alex' Arme werfen konnte, was mir nur recht sein konnte.

Er sagte nicht mal irgendwas. Er kam einfach auf mich zu und zog mich in seine starke Umarmung. Ich spürte ihn von Kopf bis Fuß und atmete tief ein. Mit einem zittrigen Seufzer vergrub ich mein Gesicht in seiner Brust. Er roch so gut.

Nach einer Minute hob ich meinen Kopf, während er mit seiner Hand sanft meinen Rücken auf und ab strich. Ich erblickte seine braunen Augen, die auf mich warteten.

„Hey", meinte er.

„Hey", erwiderte ich.

Wir betrachteten uns einen langen Augenblick, und ich spürte, wie ein Lachen in mir aufstieg. Als es mir endlich herausrutschte, schmunzelte er und fragte: „Was ist denn so lustig?"

„Keine Ahnung."

Ich wusste es wirklich nicht. Ich hatte gedacht, mein Lachen käme nur von meiner Nervosität. Es war eine angenehme Vorfreude, aber ich war trotzdem angespannt.

Als mich jemand von hinten anrempelte, griff Alex nach meinem kleinen Rollkoffer. Er war auf den Boden gefallen, sein Griff ragte über die Fliesen. Alex beugte sich vor und hob ihn auf, während er sich umdrehte und einen Arm fest um meine Taille legte.

„Können wir?", fragte er.

„Ja, natürlich. Es sei denn, du möchtest auf dem Flughafen abhängen."

Wir liefen nebeneinander her und als ich aufblickte, sah ich, wie sich seine Wange zu einem Lächeln wölbte. „Solange nur du hier bist, würde es mir auch nichts ausmachen, am Flughafen abzuhängen. Hast du Gepäck aufgegeben?"

Ich schüttelte den Kopf. „Nein. Ich hasse die Gepäckausgabe, außerdem ist das inzwischen so teuer geworden. Man muss schon für ein einziges Gepäckstück bezahlen."

„Schon klar. Egal, ob ich es mir leisten kann, die Koffer zu bezahlen oder nicht, es geht ums Prinzip. Ich hasse es, dafür zu bezahlen. Gut, dass du deine Daunenjacke dabeihast", stellte er fest, während er an mir herunterschaute.

Ich hatte meinen Mantel über den Arm geworfen. „Ich war mir nicht sicher, wie kalt es sein würde. Ich habe im Wetterbericht nachgeschaut und anscheinend ist es tagsüber wärmer, aber die Nächte sehen kalt aus."

Alex nickte. „Bald ist Schlammsaison", erklärte er. „Nicht gerade die schönste Zeit des Jahres hier. Du musst unbedingt im Sommer wiederkommen, dann kannst du das Feuergras sehen."

Ich wusste nicht, was ich darauf antworten sollte, denn das hätte bedeutet, für die Zukunft zu planen. Dabei hatte es mich schon so viel Mut gekostet, diese Reise anzutreten. Ich war mir nicht sicher, ob ich für mehr bereit war. Mein Flieger war mit Verspätung gelandet und es war schon dunkel, als wir den Flughafen verließen. Alex ließ den Arm um meine Taille nicht los.

Seine Handfläche schmiegte sich an den Rand meines Beckens und das gefiel mir. Ich liebte es, dass er mich festhielt.

Obwohl ich wusste, dass wir in Alaska waren, war es komisch, wie gleich sich alle Flughäfen anfühlten. Wir traten aus einer Drehtür auf den Bürgersteig, wo Taxis und Fahrdienste aufgereiht waren, um die Leute abzuholen, die aus dem Flughafen strömten.

Mein Atem war in der kalten Luft zu sehen. Mir war so kühl, dass ich am liebsten meine Jacke angezogen hätte. Das tat ich aber nicht, denn das hätte bedeutet, mich von Alex zu lösen. Sobald wir seinen Truck erreicht hatten, schaute ich ihn an. „Hast du ihn die ganze Zeit laufen lassen?"

Er gluckste. „Natürlich nicht. Ich habe einen Fernstarter. Den habe ich sofort angelassen, als ich dich durch die Schleuse kommen gesehen habe. Es ist kalt draußen, deshalb möchte ich, dass du ihm Warmen sitzt."

Ich grinste, während ich einstieg. „Mit diesem Wagen hast du mich mitgenommen, als ich vor Weihnachten von der Straße abgekommen bin", erwiderte ich, während ich mich anschnallte.

Alex hatte, weil er Manieren hatte, meinen Koffer weggepackt und darauf bestanden, dass ich meine Jacke anzog. Dann warf er einen Blick zur Seite, während er sich selbst anschnallte. „Ja klar. Ich besitze schließlich keine zwei Fahrzeuge. Nur dieses eine."

Mein Gott, ich machte mich in seiner Gegenwart unglaublich lächerlich. Freude überflutete mich, während ich ihn anlächelte.

Wir schwiegen, als er aus dem Parkhaus fuhr und die Gebühr bezahlte. Als ich ihm anbot, den Betrag zu übernehmen, schenkte er mir keine Beachtung und ich fühlte auf einmal eine gewisse Unsicherheit. Ich hatte den Großteil meines Lebens damit verbracht, nicht genug zu haben – nicht genug Geld, nicht genug Kleidung, nicht genug von allem. Er hatte darauf bestanden, mein Flugticket zu bezahlen, und er würde bestimmt versuchen, alles zu bezahlen, solange ich hier war.

„Bitte lass mich doch für irgendwas bezahlen." Mir rutschten die Worte heraus, bevor ich mich zusammenreißen konnte.

Eine von Alex' Händen ruhte auf dem Lenkrad, als er zu mir blickte. „Ich bin dein Gastgeber", stellte er fest, als ob das bereits alles erklären würde.

„Aber du bist doch auch auf deine Kosten nach North Carolina geflogen", widersprach ich, ohne überhaupt zu wissen, warum ich das erwähnte. Mich machte das alles innerlich ein wenig nervös.

Schließlich wurde die Ampel, an der wir gewartet hatten, grün. Sobald er losfuhr, verstummte ich und ermahnte mich, die Klappe zu halten. Ich besaß nicht besonders viel Geld. Jeden Cent, den ich übrig hatte, musste ich für meine Ausbildung opfern.

„Ich möchte nicht über Geld streiten", bemerkte Alex schließlich, als er auf die Autobahnauffahrt auffuhr.

„Ich auch nicht", antwortete ich leise.

Weil ich aus dem Fenster schaute und versuchte, mich nicht unnötig aufzuregen, fiel mir gar nicht auf, dass er nach meiner Hand griff, bis er sie auf seinen Schoß legte und dort festhielt.

„Mach dir keine Gedanken. Ich kann praktisch sehen, wie sich die Rädchen in deinem Kopf drehen", meinte er.

Ich konnte das Lächeln in seiner Stimme hören und plötzlich löste sich die Anspannung, die sich in meiner Brust angesammelt hatte, ein wenig. „Na gut, ich will es versuchen. Wie weit sind wir eigentlich von Willow Brook entfernt?", fragte ich und dachte, ich könnte genauso gut das Thema wechseln, um mich von meinen Sorgen abzulenken.

„Eine dreiviertel Stunde, mehr oder weniger. In ein paar Minuten haben wir die Lichter der Stadt hinter uns gelassen und du kannst die Aussicht genießen."

„Es ist doch stockdunkel", stellte ich fest. „Wie soll ich da die Aussicht genießen können?"

Alex gluckste und drückte meine Hand. „Heute Nacht ist der

Mond zu sehen, und es ist klar. Ich verspreche dir, du wirst etwas sehen."

Wie er vorausgesagt hatte, blickte ich ein paar Minuten später aus dem Fenster und sah die Silhouette einer Bergkette. Helle Sterne drangen durch die Dunkelheit. Als ich auf die andere Seite blickte, spiegelte sich das Mondlicht im Wasser. Seine Oberfläche wogte unter der perlmuttfarbenen Erleuchtung.

„Liegt Willow Brook eigentlich am Meer?", fragte ich.

„Es ist ganz in der Nähe", antwortete Alex. „In der Stadt gibt es einen großen See, und das Meer ist etwa zwanzig Minuten entfernt. Dort drüben siehst du das Cook Inlet. Es reicht bis zum Pazifischen Ozean."

„Es ist wunderschön." Ich spürte, wie sich ein Gefühl der Ehrfurcht in mir ausbreitete. Während meine Gefühle tobten, griff die Schönheit nach meinem Herzen und riss mich mit.

„Allerdings."

Für die verbleibende Fahrt schwiegen wir. Nach einer Weile bog Alex von der Autobahn ab – die übrigens nicht besonders stark befahren war – und ein paar Minuten später wurden die Lichter einer Stadt sichtbar. „Das ist Willow Brook", verkündete er, als er in eine Straße abbog.

Es war kurz vor Mitternacht, also waren alle Geschäfte geschlossen, aber die Straßenlaternen waren an. Die Hauptstraße zeigte eine niedliche Stadt mit Schaufenstern und Schildern, die in der Dunkelheit leuchteten.

„Morgen früh können wir hier einen Kaffee trinken", schlug er vor, als wir an einem Lokal mit einem Schild mit der Aufschrift *Firehouse Café* vorbeikamen.

Nach ein paar Minuten hielt Alex vor einem kleinen Haus in der Dunkelheit. Zwei Lichter flankierten die Eingangstür. „Da wären wir."

Er bestand darauf, meine Tasche zu nehmen, und meine Schritte knirschten auf dem Kies, während ich ihm über die Einfahrt und die Treppe hinauf auf die kleine Veranda folgte. Ich schaute mich um und sah nichts als Bäume, obwohl ich wusste, dass Häuser in der Nähe waren, weil wir auf dem Weg daran vorbeigekommen waren.

Doch abgesehen von dem kleinen Lichtkegel, den die Lampen auf beiden Seiten der Tür warfen, konnte ich nicht viel erkennen. Wir traten in einen gefliesten Eingangsbereich und Alex schaltete das Licht an. Von dort aus sah ich direkt durch den offenen Raum auf eine Fensterwand, die einen Blick auf die Berge mit dem Mond darüber bot.

„Das ist so schön", stellte ich leise fest.

„In Alaska ist es schwer, ein Haus ohne Aussicht zu haben", bemerkte er achselzuckend. „Du kannst deine Jacke hier aufhängen."

Er deutete auf eine Garderobe neben der Tür. Ich zog meine Schuhe aus, hängte meine Jacke auf und folgte ihm, als er das Wohnzimmer durchquerte und an einer Kücheninsel vorbei zu einer Tür auf einer Seite des Hauptraums ging.

Er führte mich in das Schlafzimmer. Es hatte ebenfalls Fenster, die einen Blick auf den Mond über den Bergen boten, und ein riesiges Bett.

Alex rollte meinen Koffer durch eine andere Tür an der Seite des Raumes. Ich folgte ihm und sah, dass er einen begehbaren Kleiderschrank mit Regalen auf beiden Seiten hatte. Er hob meinen Koffer hoch und stellte ihn auf eine Kommode. „Den lassen wir am besten hier."

Dann nahm er mich mit auf einen kurzen Rundgang. Sein Schlafzimmer hatte ein hübsches Bad mit einer riesigen Badewanne. Das Wohnzimmer und die Küche waren in gedeckten Farben gehalten, genau wie der Rest des Hauses. Auf der anderen Seite des Wohnzimmers befand sich ein weiteres Schlafzimmer gegenüber von Alex' Schlafzimmer und ein Badezimmer mit Waschmaschine und Trockner.

Zurück im Wohnzimmer stellte ich fest: „Das ist wirklich schön. Du hast das Haus wirklich liebevoll eingerichtet."

Alex schenkte mir ein verlegenes Grinsen. „Das waren meine

Mutter und Holly. Aber ich habe es gebaut. Nate hat mir geholfen. Bist du hungrig? Ich habe gewusst, dass du später kommst, also habe ich Pizza besorgt, die ich aufwärmen kann, falls du Hunger hast."

Gerade als ich meinen Mund öffnen und ablehnen wollte, knurrte mein Magen.

Alex gluckste. „Dann wärme ich wohl besser die Pizza auf."

Ich konnte mich nicht erinnern, dass ich nach dem Essen auf der Couch eingeschlafen war, aber ich wurde wach, als Alex mich in seine Arme nahm. „Lass uns ins Bett gehen", murmelte er, während er seine Lippen an meine Schläfe schmiegte.

Endlich löste sich die Anspannung des langen Reisetages und ich schlief in Alex' Umarmung ein.

Kapitel Vierundzwanzig

ALEX

Delilahs Wangen waren noch ganz rosig vom Duschen. Ich wollte sie nicht alleine duschen lassen, also duschten wir zusammen, bevor wir in meinen Wagen stiegen, um in die Stadt zum Frühstücken zu fahren. Ihr Haar war noch feucht, und sie hob eine Hand und strich leicht darüber. „Bist du dir sicher?"

„Sicher worüber?"

„Dass ich so mit nassen Haaren rausgehe."

Ich verbiss mir ein Lächeln. „Natürlich. Meine Haare sind ja auch noch nass." Ich deutete auf meine feuchten Locken.

Daraufhin verdrehte sie die Augen und stieß ein leises Schnauben aus. „Du bist ja auch ein Kerl."

Ich griff über die Mittelkonsole hinweg nach ihrer Hand und drückte sie kurz. „Delilah, wir sind in Alaska. Du könntest in Gummistiefeln in einem der besseren Restaurants auftauchen und alles wäre in Ordnung. Wir trinken nur einen Kaffee. Ganz zwanglos, Ehrenwort."

„Ja, aber wen werden wir da treffen? Das ist doch deine Heimatstadt."

„Ich habe nicht geplant, jemanden zu treffen, also wenn wir tatsächlich jemandem begegnen, dann nur zufällig."

„Oh mein Gott, ist das die Art von Laden, wo deine Eltern

hingehen? Was ist, wenn wir ihnen zufällig über den Weg laufen?"

Dieses Mal konnte ich mein Lachen nicht zurückhalten. „Babe, das wäre ihnen wirklich egal. Ich habe noch nie erlebt, dass du dir solche Gedanken über dein Aussehen gemacht hast. Was ist denn los?"

Als ich in Willow Brook in die Main Street einbog, warf ich ihr einen kurzen Blick zu. Sie sah ein wenig angespannt aus und mein Herz machte einen komischen Sprung.

„Ich weiß auch nicht. Es ist nur so, dass dies hier deine Welt ist, und ich möchte keinen schlechten Eindruck hinterlassen."

„Du hast Holly doch schon kennengelernt. Sie ist wahrscheinlich die Anspruchsvollste in meiner Familie. Und du hast dir keine Gedanken gemacht, als wir in der Ski-Lodge waren."

Ich bog auf den Parkplatz des Firehouse Café ein und suchte mir einen Platz in der hinteren Ecke.

„Ja, aber das ist ja auch alles so unerwartet gekommen. Da hatte ich gar keine Zeit, mir Sorgen zu machen", erklärte Delilah.

„Ich rate dir jetzt nicht, dir keine Sorgen zu machen, denn wenn das jemand zu mir sagt, hilft mir das überhaupt nicht."

Delilah schenkte mir ein breites Lächeln. „Danke. Wenn man mir sagt, ich solle mir keine Sorgen machen, komme ich mir bloß albern vor. Dann mache ich mir Sorgen, weil ich mir Sorgen mache. Es ist, als ob ich etwas falsch machen würde."

„Genau. Ich möchte dir nur eines sagen: Du bist wunderschön und es ist so gut wie unmöglich, dass du einen schlechten Eindruck hinterlässt."

Delilah verzog den Mund zur Seite, widersprach aber nicht weiter. Einen Augenblick später hielt ich ihr die Tür auf und griff nach ihrer Hand. Die Klingel bimmelte. Ich beobachtete, wie Delilah sich in dem Raum umsah.

Das Firehouse Café hatte es schon gegeben, als ich noch ein Kind gewesen war. Ich nutzte den Augenblick, um es mit ihren Augen zu sehen. Das Café befand sich in der alten Feuerwache der Stadt. Die hohe, viereckige Garage war in einen Gastraum mit offener Bäckerei und Küche umgewandelt worden. Die Rutschstangen waren bunt gestrichen, quadratische Holztische dienten als Sitzgelegenheiten, und an den Wänden hingen Kunstwerke aus der Region.

Ein paar bekannte Gesichter waren anwesend, aber es war keiner meiner Familie oder engen Freunde hier. Ich stieß einen erleichterten Seufzer aus. Während ich gerne in der Nähe meiner Familie und Freunde war, spürte ich, dass Delilah deswegen angespannt war. Ich wusste mittlerweile genug über ihre Kindheit, um das zu verstehen.

Delilah hatte ihr Leben seit ihrer Kindheit allein gemeistert. Ich wollte, dass sie erfuhr, dass es in Ordnung war, sich auf jemand anderen zu stützen. Ich musste nur herausfinden, wie ich ihr das begreiflich machen konnte.

„Sollen wir uns anstellen oder uns einen freien Platz suchen?", fragte Delilah und blickte zu mir auf.

Ich widerstand dem Drang, sie zu küssen. Delilah trug kein Make-up, und ihr frisches Gesicht mit den rosigen Wangen am Morgen war einfach umwerfend. Ihre rosa Lippen waren prall, weil ich sie vor nicht allzu langer Zeit in der Dusche bis zum Umfallen geküsst hatte.

Ich widerstand dem Drang, denn ich wusste, dass sie sich nicht wohl dabei fühlen würde, unsere Gefühle hier in aller Öffentlichkeit zu zeigen. „Wie auch immer", antwortete ich achselzuckend. „Wenn wir uns einen Tisch nehmen, werden wir bedient, aber es gibt keine Speisekarten. Vielleicht bestellst du lieber an der Theke, dann kannst du dir an der Tafel aussuchen, was du zum Frühstück möchtest."

Delilah ging auf den Tresen zu, und ich folgte ihr, ohne ihre Hand loszulassen. Zwei Frauen, die sich an den Händen hielten, traten zur Seite, als wir dort ankamen.

Janet strahlte uns an. „Hi, Alex. Wer ist denn deine bezaubernde Freundin?" Janets aufmerksamer Blick hüpfte nach unten, wo meine Hand die von Delilah festhielt.

„Das ist Delilah", antwortete ich. „Sie ist zu Besuch aus North Carolina, aus derselben Stadt, aus der auch Remy kommt."

Ich hatte keine Ahnung, wie das überhaupt möglich war, aber Janets Lächeln wurde noch breiter, als sie Delilah ansah. „Schön, dich kennenzulernen. Willkommen in unserer Stadt. Was darf ich euch beiden heute Morgen anbieten?"

Ich war erleichtert, dass Janet es kurz hielt. Sie war dafür bekannt, geschwätzig zu sein, aber sie war zu liebenswürdig, um Delilah vor den Kopf zu stoßen. Ich bestellte meinen Kaffee und einen Bagel mit Frischkäse, während Delilah die Speisekarte auf der Kreidetafel überflog.

„Ich nehme einen einfachen Kaffee", antwortete sie. „Der Bagel mit geräuchertem Lachs und Frischkäse klingt auch gut."

„Oh, das ist er", versicherte ich ihr.

„Setz das einfach auf meine Rechnung", bat ich und blickte zu Janet zurück.

„Geht in Ordnung. Setzt euch doch schon mal hin."

Hinter uns waren schon ein paar Leute reingekommen, also traten wir zur Seite und suchten uns einen Tisch in der Ecke bei den Fenstern.

„Hier ist es wirklich nett", stellte Delilah fest, als sie ihre Jacke auszog und über die Stuhllehne hängte.

„Stimmt. Früher war das hier die Feuerwache der Stadt."

„Janet scheint echt sympathisch zu sein", fügte sie hinzu.

„Sie ist super. Allerdings ist Janet eine Freundin meiner Mom, also sollte ich dich warnen: Wahrscheinlich schickt sie meiner Mom eine SMS, damit sie weiß, dass sie dich zuerst kennengelernt hat."

Da färbten sich Delilahs Wangen leicht rosa. Sie schüttelte leicht den Kopf und ließ ihre Wimpern sinken, während sie die Serviette um das Besteck entrollte.

Janet hatte uns gerade unseren Kaffee gebracht, als Remy Martin hereinkam. Seine Augen suchten den Raum ab und weiteten sich leicht, als sie auf Delilah landeten. Er kam sofort zu uns herüber. „Hey, Kleine", begrüßte er sie und blieb an unserem Tisch stehen.

Delilah sah auf und ein Lächeln huschte über ihr Gesicht. „Hey, Remy!"

Sie stand auf und umarmte ihn kurz. Ich war seltsam erleichtert, dass sie selbst bei jemandem, den sie seit Jahren kannte, ein wenig zurückhaltend war. Erleichtert und ein bisschen traurig. Remy blickte zwischen uns hin und her. Ich hatte ihn erst letzte Woche gesehen und erwähnt, dass Delilah hier sein würde. Aber ich war mir nicht sicher, ob er mir geglaubt hatte.

„Seit wann bist du hier?", fragte er.

„Seit gestern Abend. Nach Mitternacht, also war es wohl eher heute Morgen", stellte sie fest.

„Hallo, Remy." Janet eilte mit unseren Bagels herbei. „Das Übliche?", fragte sie, nachdem sie unsere Teller vor uns abgestellt hatte.

„Aber natürlich. Danke, Janet!", rief er. Sie eilte schon zum Tresen zurück, wo jemand anderes wartete.

„Wir sollten gemeinsam zu Abend essen", schlug Remy vor. „Ich habe jetzt nicht viel Zeit zum Plaudern, weil ich auf dem Weg zur Wache bin, um eine Schicht zu übernehmen. Aber Rachel würde sich freuen, dich zu sehen."

Delilah warf mir einen Blick zu, und ich nickte. „Sag mir einfach, wann es bei dir passt. Wir essen heute mit meinen Eltern zu Abend, aber jeder andere Abend ist mir recht."

„Arbeitest du diese Woche?", fragte er.

„Ich bin nur für Notfälle auf Abruf."

„Verstehe. Ich frage Rachel und schicke dir dann eine SMS, einverstanden?"

„Klingt gut, Mann."

Remy tippte Delilah leicht auf die Schulter, während er sich abwandte.

Delilah biss von ihrem Bagel ab und stöhnte auf. „Oh, mein Gott", stieß sie hervor, nachdem sie fertig gekaut hatte. „Der ist ja unglaublich."

Ich grinste. „Oh, ja. Und glaub bloß nicht, dass das importierter Lachs ist. Wahrscheinlich ist er direkt hier im Cook Inlet gefangen worden. Standest du Remy als Kind eigentlich nahe?", fragte ich zwischen einem Bissen von meinem Bagel und einem Schluck Kaffee.

Delilah neigte ihren Kopf zur Seite, hob eine Hand und schwenkte sie in der Luft hin und her. „Mehr oder weniger. Shay und ich waren zusammen auf der Highschool, also kenne ich sie natürlich besser. Er war ein paar Jahre älter als wir. Er ist eben diese Art von Freund. Ich kenne ihn schon ewig, aber wir standen uns nie wirklich nahe." Bevor ich noch etwas sagen konnte, fügte sie hinzu: „Also essen wir heute Abend mit deinen Eltern?"

Ich fluchte leise. Jetzt würde sie sich wahrscheinlich den ganzen Tag darüber Gedanken machen.

„Macht dir das was aus? Denn wir können unsere Pläne auch ändern. Ich habe mir nur gedacht, dass wir das tun sollten, weil du doch hier bist. Holly und Nate sind auch da."

Delilahs Augen suchten mein Gesicht ab, aber sie schwieg, bevor sie schließlich sagte: „Schon gut. Ich habe mir schon gedacht, dass ich sie kennenlerne. Auf diese Weise muss ich nur den heutigen Tag lang grübeln."

„Ich versichere dir, dass sie nicht beißen."

Sie schwieg kurz und die Geräusche der Leute, die sich im Hintergrund unterhielten, erfüllten die nächsten Augenblicke, während wir aßen. Ich dachte schon, sie hätte es dabei bewenden lassen, aber dann platzte sie heraus: „Ich habe noch nie die Eltern von irgendwem kennengelernt."

Da sah ich sie an und sagte das Einzige, was mir einfiel. „Und ich habe noch nie eine mit nach Hause gebracht, um meine Eltern kennenzulernen."

Kapitel Fünfundzwanzig

DELILAH

„Also, was machen Sie so?", fragte Leslie, Alex' Mutter.

Das war natürlich eine völlig vernünftige, höfliche und erwartbare Frage. Es fühlte sich allerdings nicht richtig an, seiner Mutter zu verraten, dass ich Barkeeperin war.

Aber ich war nun mal ehrlich. „Ich bin Barkeeperin. Außerdem studiere ich Krankenpflege", fügte ich hinzu und hoffte, dass mein Gesicht einem Lächeln ähnelte.

Ich war viel zu angespannt, bevor ich Alex' Eltern kennenlernte.

Leslie lächelte. „Oh, ich habe während meines Studiums auch ein paar Jahre lang gekellnert. So kann man prima Geld verdienen und hat einen flexiblen Zeitplan. Holly hat schon erwähnt, dass Sie eine Ausbildung zur Krankenschwester machen. Wie läuft es denn so?"

„Ganz gut, denke ich. Ich belege hauptsächlich Onlinekurse, um arbeiten zu können. Nächstes Frühjahr muss ich mich um einen Praktikumsplatz kümmern."

Wieder nickte seine Mutter. „Um ehrlich zu sein, war ich gerne Krankenschwester, aber allein die Ausbildung war eine Menge Arbeit.

Ich kann gar nicht glauben, dass Sie das alles stemmen, während Sie gleichzeitig Vollzeit arbeiten."

Ich zuckte mit den Schultern. „Nur so kann ich es mir leisten. Nach meinem Praktikum nächstes Jahr bin ich dann endlich fertig."

In diesem Augenblick kamen Alex und sein Vater aus der Garage zurück, wo Alex sich etwas am Auto seines Vaters angesehen hatte. „Wann ist das Abendessen fertig?", fragte sein Vater Russell.

Alex' Mutter schenkte mir ein entschuldigendes Lächeln. „Er ist immer am Verhungern. Ich habe das nie in den Griff bekommen, obwohl wir seit über fünfunddreißig Jahren verheiratet sind."

Russell schenkte mir ein unverschämtes Grinsen. „Das liegt nur daran, dass sie so eine hervorragende Köchin ist."

Leslie erhob sich von den Stühlen, auf denen wir gesessen hatten, und eilte ihm entgegen. Er beugte sich zu ihr und drückte ihr einen Kuss auf die Lippen. „So ein Schmeichler. In etwa einer Viertelstunde muss ich nach dem Ofen sehen", antwortete sie. „Weißt du, wann Holly und Nate kommen?"

Alex hatte den Raum durchquert und sich neben mich gestellt, wo ich in einem bequemen Sessel Platz genommen hatte. Er schaute auf seine Uhr. „Sie hat gemeint, vor einer Viertelstunde, aber offensichtlich sind sie spät dran." Dabei blickte er zu mir herunter. „Möchtest du etwas trinken?"

Ich wollte schon den Kopf schütteln, aber dann ergriff Leslie das Wort. „Oh, mein Gott! Ich habe Ihnen ja noch gar nichts angeboten. Alex, kümmere dich sofort darum."

Ich spürte, wie seine Hand auf meiner Schulter ruhte, und diese sanfte Berührung linderte irgendwie die Angst, die in meiner Brust aufstieg. „Du hast eine große Auswahl. Wein, Bier, Wasser, Limo, Saft und was weiß ich noch alles", bot Alex grinsend an.

„Was nimmst du?"

„Ich nehme ein Bier."

„Dann nehme ich das, was du nimmst."

Kurz suchten seine Augen meine. „Das musst du nicht. Wenn du etwas anderes lieber hast, brauchst du es nur zu sagen."

„Ich mag Bier. Ich verspreche, dass ich es nicht nur deshalb trinke, weil du dir auch eines nimmst", bot ich mit einem Lächeln an.

Da verließ Alex das Wohnzimmer und schritt durch den Torbogen in die Küche. Einen Augenblick später kam er mit zwei Bierflaschen in den Händen zurück. Er ließ sich auf einem Stuhl neben mir nieder. Das Haus seiner Eltern war urgemütlich. Die Decken waren hoch und durch die Fenster, die auf ein Feld hinausgingen, fiel jede Menge Licht ein. Es gab ein großes Sofa und zwei bequeme Sessel, die schräg zueinander aufgestellt waren und zwischen denen ein kleiner Tisch stand.

Ich zwang mich zur Ruhe. Normalerweise war ich nicht so schüchtern. Das hätte ich auch gar nicht sein können, wo ich doch in einer Bar arbeitete. Aber dieses erste Treffen mit den Eltern eines Mannes, der mir langsam so viel bedeutete, verschlug mir vor Aufregung die Sprache und machte mich ganz kribbelig.

Alex fing meinen Blick auf. „Kein Grund zur Sorge. Sie lieben dich schon jetzt", erklärte er mit leiser Stimme.

Ich biss mir auf die Lippe, bevor ich einen Schluck von meinem Bier nahm. „Was für ein herrlicher Ort", begann ich, um mich nicht mit meinen Gefühlen beschäftigen zu müssen.

„Allerdings."

Ich warf einen Blick aus dem Fenster und fragte: „Gibt es eigentlich irgendeinen Ort in Alaska, an dem man keine schöne Aussicht hat?"

Er gluckste. „Wahrscheinlich nicht. Aber das Gleiche kann ich über die Berge in North Carolina sagen."

„Stimmt, aber hier ist alles so viel größer."

Alex nickte noch, als die Haustür aufging und Holly und Nate hereinkamen. Holly kam sofort auf mich zu. Ich stellte mein Bier auf den Tisch neben meinem Stuhl, stand auf, um sie

zu begrüßen, und war überrascht, als Holly mich in eine herz-
liche Umarmung zog.

„Oh, mein Gott!", rief sie, als sie zurücktrat. „Es ist ja so toll,
dass du hier bist. Wie gefällt es dir bisher in Willow Brook?"

„Es ist wunderschön", begann ich, ohne etwas anderes sagen
zu können.

Nate sprach kurz mit Alex, dann waren Alex' Eltern wieder
im Raum und alle begrüßten sich gegenseitig. Ich fühlte mich
wie ein Eindringling. So eine Familie hatte ich noch nicht erlebt
– eine, in der alle nett zueinander waren und offensichtlich echte
Zuneigung füreinander empfanden.

Es dauerte nicht lange, bis wir am Esstisch saßen. In den
verschiedenen Häusern, in denen ich mit meinen Eltern
aufwuchs, hatten wir nie einen Esstisch gehabt. Ich stellte mir
vor, dass Holly und Alex wahrscheinlich jeden Abend mit ihren
Eltern zu Abend gegessen haben, als sie Kinder waren.

„Lasst uns das Tischgebet sprechen", rief seine Mutter.

Alle beugten ihre Köpfe. „Amen", schloss sein Vater,
nachdem er das schnellste Gebet, das ich je gehört hatte, herun-
tergerasselt hatte.

Ich musste mir auf die Lippe beißen, um nicht zu glucksen,
als Holly mich von der anderen Seite des Tisches aus ansah und
ihre Augen vor Freude tanzten. „Lach du nur. Als wir klein
waren, haben wir regelrechte Gebetswettkämpfe veranstaltet."

Ich lachte. „Ich habe keine Ahnung, was das bedeutet."

„Wir waren immer am Verhungern, also wollten wir sehen,
wer das Tischgebet am schnellsten sprechen konnte", erklärte
Alex von neben mir.

Das Abendessen war köstlich. Seine Mutter hatte Lachs mit
Zitrone und anderen Gewürzen zubereitet, dazu gab es Reis-
Pilaw und Spargel. Ich war gerade fertig, als Holly fragte: „Hat
Alex dir eigentlich von der Möglichkeit erzählt, dein Praktikum
im Krankenhaus hier in Willow Brook zu absolvieren? Das soll-
test du unbedingt machen. Es wäre klasse, wenn du hier wärst."

Als ich über den Tisch schaute, sah sie so freundlich und

hilfsbereit aus, dass ich ihr am liebsten gesagt hätte, dass ich das vorhatte. Aber eigentlich war die Vorstellung völlig irre. Ich wohnte nicht hier, und ich hatte das Gefühl, dass es Alex und mich gar nicht wirklich gab. Ich würde eines Tages aufwachen, mutterseelenallein in meiner Wohnung, und mich daran erinnern, dass das alles nur ein Traum gewesen war.

„Er hat davon gesprochen", erwiderte ich, während ich an meinem Wasser nippte und mein Besteck vorsichtig auf den Teller legte.

„Bei den meisten dieser Onlinestudien kann das Praktikum an jeder Klinik absolviert werden. Das örtliche Krankenhaus ist bei allen großen Krankenpflegeverbänden akkreditiert, die die Studiengänge genehmigen. Wenn du dir jetzt Sorgen machst, dass ich dein Boss sein könnte, brauchst du dir keine Gedanken machen. Ich habe zwar in der Notaufnahme das Sagen, aber für unsere Praktikanten ist eine unserer Verwaltungskräfte zuständig. Du könntest sogar mit mir zusammenarbeiten, und wir sind ein echt lustiger Haufen. Ich hoffe, du ziehst das ernsthaft in Erwägung."

Kapitel Sechsundzwanzig

ALEX

Das Abendessen mit meiner Familie war bestens gelaufen, zumindest schien mir das so. Bis auf die Tatsache, dass Delilah die ganze Zeit über so nervös gewesen war.

Heute, ein paar Tage später, waren wir auf dem Weg zum Abendessen mit Remy und Rachel. Und wieder schien sie total angespannt zu sein. Wir wollten uns im Wildlands treffen, weil Delilah sich den Laden gerne ansehen wollte, nachdem ich erwähnt hatte, dass ich mich dort am liebsten mit Freunden traf.

Ich stellte den Motor meines Trucks ab. Stille umgab uns in meinem Führerhaus, als draußen der Ruf eines Adlers ertönte.

„Was ist das?" Sie warf mir einen Blick zu.

„Ein Adler. Die hocken oft in den Bäumen entlang des Sees."

Wir stiegen aus und ich bedeutete ihr, mir an den Rand des Parkplatzes hinter dem Wildlands zu folgen. Vor uns breitete sich der See aus und schimmerte in orangeroten und goldenen Farbtönen, die vom Himmel reflektiert wurden, während die Sonne langsam unterging.

„Es ist so schön hier", hauchte Delilah an meiner Seite.

„Allerdings." Ich griff nach ihrer Hand und mein Herz machte einen kleinen Sprung, als sie ihre Finger mit meinen verschränkte.

Ich wünschte mir, dass sie endlich aufhörte, sich Sorgen zu machen, aber ich wusste auch nicht, wie ich das Ganze in den Griff bekommen sollte. Denn egal, wie ich es drehte und wendete, einer von uns beiden musste eine grundlegende Veränderung vornehmen, damit wir zusammen sein konnten. Ich scheute mich, darüber nachzudenken, weil ich noch nicht bereit war, mich zu entscheiden. Eigentlich wünschte ich mir, dass alles so viel einfacher wäre, und darum kam ich mir wie ein Feigling vor.

Als erneut ein Adler rief, suchte ich das Ufer ab und entdeckte schließlich einen der majestätischen Vögel in einer Fichte. „Warte mal einen Augenblick.“ Ich ließ ihre Hand los und lief das kurze Stück zurück zu meinem Truck. Einen Augenblick später kehrte ich zurück und reichte ihr ein kleines Fernglas, das ich in meinem Handschuhfach aufbewahrte. Wieder rief der Adler und ich deutete in seine Richtung.

Delilah hob das Fernglas und spähte hindurch, bis sie verstummte. „Oh, wow. Ich habe noch nie einen in freier Wildbahn gesehen.“

„Wenn du ganz viele Adler sehen möchtest, fahre ich mit dir zum Umspannwerk“, erwiderte ich.

Delilah beobachtete den Adler, dessen Silhouette sich dunkel gegen den düsteren Himmel abhob. Nachdem er aus dem Blickfeld verschwunden war, senkte sie das Fernglas und blickte mich an. „Zum Umspannwerk? Nicht gerade romantisch, Alex“, stichelte sie.

Ich gluckste, als sie mir das Fernglas zurückgab. „Ich habe nicht behauptet, dass es dort besonders romantisch ist, aber dort siehst du garantiert eine Menge Adler. Komm mit.“ Ich griff wieder nach ihrer Hand. „Remy und Rachel sind wahrscheinlich schon da. Hast du eigentlich schon mal Rachel kennengelernt?“

Wir hielten am Truck inne und ich legte das Fernglas zurück ins Handschuhfach. Nachdem wir uns wieder auf den Weg gemacht hatten, antwortete Delilah: „Nur kurz. Remy hat sie einmal mit in die Bar gebracht, als sie zu Besuch waren.“

Mehr und mehr bekam ich ein Gefühl dafür, wie sehr Delilah sich selbst vor allem abschirmte. Sie nannte nicht gerade viele Leute Freunde. Eigentlich sollte ich froh sein, dass sie mich überhaupt an sich herangelassen hatte.

Ein paar Minuten später fragte Remy: „Wie lange bleibst du?"

„Nur bis zum Ende der Woche. Ich muss für die Arbeit und das Studium zurück ins Stolen Hearts Valley", antwortete Delilah.

„Dein Studium könntest du ja von überall abschließen", stellte ich fest und war selbst überrascht.

Einen Augenblick lang spürte ich Delilahs aufmerksamen Blick auf mir, aber ich schaute nicht weg. Aus irgendeinem Grund wollte ich sie ein wenig aus der Reserve locken. Mehr und mehr wurde mir klar, dass ich wohl irgendeinen abgefahrenen Zaubertrick abziehen musste, um ihr Vertrauen zu gewinnen. Ich durfte zwar nicht zu schnell vorgehen, aber wenn ich nicht drängte, würde sie mich niemals an sich ranlassen.

Als sie endlich den Blick abwandte, meinte Rachel: „Stimmt. Ich habe von Holly gehört, dass sie versucht, dich zu überreden, dein Praktikum hier im Krankenhaus zu absolvieren. Eine gute Wahl. Du könntest es auch da machen, wo ich arbeite."

Delilah sah verdutzt drein, aber dann gesellte sich eine Kellnerin zu uns. Während Remy anfing zu bestellen, erklärte Rachel: „Ich bin Arzthelferin und arbeite in einer Gemeinschaftspraxis hier in Willow Brook. Wir haben zwei Ärzte, einen in Vollzeit und einen in Teilzeit, aber wir haben auch Krankenschwestern im Team. Wenn du dort arbeiten würdest, wäre meine Chefin Charlie deine Vorgesetzte. Und die ist einsame klasse."

Remy warf ein: „Ich habe uns einen Pitcher Bier und ein paar Vorspeisen bestellt. Ich hoffe, das ist in Ordnung." Dabei legte er seinen Arm auf Rachels Schultern und man konnte deutlich erkennen, wie wohl sich die beiden dabei fühlten. „Wie war das mit Charlie?", fragte er.

„Ich habe Delilah gerade vorgeschlagen, ihr Praktikum in meiner Praxis zu machen. Charlie ist ein toller Boss", erklärte Rachel.

„Sie ist zwar nicht mein Boss", antwortete Remy mit einem langsamen Lächeln. „Aber sie ist großartig."

„Ich weiß noch nicht genau, was ich jetzt vorhabe", stellte Delilah fest. „Ich meine, ich lebe ja im Moment in North Carolina."

Remy grinste und wackelte mit den Augenbrauen. „Du solltest hierher ziehen. So wie ich, und ich liebe es. Zwar vermisse ich Shay und meine Freunde dort, aber Willow Brook ist ein toller Ort zum Leben."

Ich nahm mir vor, mich bei Remy zu bedanken, sobald ich ihn das nächste Mal sah. Doch Delilah antwortete bloß unverbindlich: „Ich muss einfach abwarten, wie es nächsten Herbst aussieht. Dann beende ich mein letztes Semester, bevor ich im Frühjahr mein Praktikum beginnen kann."

Anschließend kamen unser Bier und unser Essen. Remy fragte Delilah über Stolen Hearts Valley aus. Rachel war während des gesamten Essens meine persönliche Cheerleaderin für Willow Brook.

An einer Stelle fragte Remy: „Wie geht es eigentlich deinen Eltern?"

Delilahs Lippen verzogen sich zu einer Linie. „Ganz gut", antwortete sie, ohne weiter darauf einzugehen.

Ich konnte nicht genau sagen, warum, aber mich machte das traurig. Nicht so sehr Delilahs persönliche Umstände, sondern die Tatsache, dass sie immer alles unter Verschluss halten und beschützen wollte. Ihr Vater lag im Sterben, und sie sprach nicht mal darüber.

Wenig später fuhren wir los, und auf der Fahrt nach Hause fragte ich sie: „Sag mal, hast du eigentlich enge Freunde?"

Ich spürte, wie sich ihre Blicke förmlich in mich bohrten. „Ja. Warum fragst du?"

„Weil du selbst mit den Leuten, die du Freunde nennst, nicht darüber sprichst, dass dein Dad krank ist."

Ich konnte regelrecht fühlen, wie Blitze sich in der Luft entluden. „Ich verlasse mich einzig und allein auf mich. Ich bin die Einzige, auf die ich mich je verlassen konnte", erwiderte sie kühl.

Als ich einen Blick zur Seite warf, hatte sie die Arme verschränkt und blickte aus dem Fenster. „Delilah, ich wollte nicht ..."

Da sah sie zu mir herüber und begegnete kurz meinem Blick. „Urteile bloß nicht über mein Leben. Ich beschwere mich nicht über mein Leben, also zieh jetzt keine falschen Schlüsse. Ich hatte nun mal nicht so eine Familie wie du, also ist es für mich anders."

„Delilah, ich urteile doch nicht über dich. Ich wünschte nur, du würdest dich mal auf jemanden verlassen."

„Ich kann nur auf mich selbst zählen."

Kapitel Siebenundzwanzig

DELILAH

Ich war innerlich außer mir vor Trotz und Verärgerung. Offensichtlich war Alex der Meinung, dass jeder so ein Leben haben sollte wie er, mit vielen engen Freunden, in dem jeder alles über ihn wusste.

Doch ich schluckte meine Wut hinunter, blieb ruhig und beobachtete die Berge, während wir dahinfuhren. Ich mochte seine Eltern und seine Schwester, und mir gefiel diese süße kleine Stadt. Ich konnte verstehen, warum Remy sich in diesen Ort verliebt hatte, als er hier einen Job bekommen hatte. Das Wort „schön" wurde ihr nicht im Entferntesten gerecht. Die Stadt war atemberaubend und umwerfend, und alle waren verdammt nett. Vielleicht lag das ja auch daran, dass ich mit Alex zusammen war, und es war offensichtlich, dass seine Familie in dieser Stadt hoch angesehen war.

Die Leute hier waren wirklich total unkompliziert. Aber wenn mir noch einmal jemand vorschlagen sollte, mein Praktikum hier zu machen, würde ich losschreien.

Ich hatte keine Ahnung, warum ich mich so sehr an Stolen Hearts Valley gebunden fühlte. Es war ja nicht so, dass ich dort ein derartiges Netzwerk an Unterstützung gehabt hätte, wie

Alex hier. Ich hätte in dem Augenblick eine Entscheidung treffen können. Ich hätte mich entscheiden können, nach Willow Brook zu ziehen, aber das hätte auch bedeutet, Alex mein Herz zu schenken. Und ich war mir immer noch nicht sicher, ob er die Sache zwischen uns so sehr spürte wie ich.

Zurück in seiner Wohnung fühlte ich mich immer noch unruhig. Ich folgte Alex' Beispiel und hängte meine Jacke an den Garderobenständer neben der Tür. Alex hatte sich auf den Weg durch das Wohnzimmer begeben, doch plötzlich drehte er sich um und blieb neben der Rückenlehne des Sofas stehen.

Seine Augen suchten meine. „Ich wollte dich nicht verärgern."

Ich öffnete meinen Mund, um ihn anzulügen und ihm zu versichern, dass er mich nicht verärgert hatte, aber heraus kam etwas anderes. „Das weiß ich doch. Aber ich bin es gewohnt, auf mich selbst aufzupassen. Das ist alles."

Ich fragte mich, ob meine mürrische Stimmung den Abend ruiniert hatte, aber das spielte keine Rolle. Die Chemie zwischen Alex und mir ließ sich einfach nicht unterkriegen. In der Ecke brannte eine Lampe. Als ich in seine dunklen Augen blickte, begann mein Puls zu rasen und das unbehagliche Gefühl verwandelte sich in eine Hitze, die sofort durch meine Adern tanzte.

Wenn es etwas gab, das mich garantiert vergessen ließ, dann, mich in ihm zu verlieren und zuzulassen, dass die Flammen alle Gedanken verdrängten. Ich trat zu ihm hinüber und legte meine Hände flach auf seine Brust. Dabei spürte ich, wie sein Herz einen Sprung machte.

„Müssen wir unbedingt reden?", fragte ich und ließ meine Hände über seine Brust und seine muskulösen Bauchmuskeln gleiten, um seinen Schwanz durch seine Jeans zu streicheln, der unter meiner Berührung bereits deutlich angewachsen war.

„Delilah", begann er, fast so, als wolle er versuchen, weiter darüber zu reden.

„Das war nicht wirklich eine Frage, Alex", murmelte ich,

während ich mich hochbeugte und ihm einen Kuss auf den Hals drückte.

Alex' Augen verdunkelten sich weiter und ich hörte, wie er scharf einatmete, während ich frech über seine Erregung strich.

„Was machst du da?", röchelte er mit tiefer, angespannter Stimme.

„Ich bin nicht wirklich in der Stimmung, weiter zu reden. Wir haben nur noch zwei Nächte, bevor ich wieder nach Hause muss."

Obwohl mich das Verlangen trieb, wurde ich immer wieder von einem heftigen, leidenschaftlichen Bedürfnis nach Alex eingefordert. Mein Herz schlug wie wild in meiner Brust, als ich das Offensichtliche aussprach. Wieder einmal war meine Zeit mit Alex nur vorübergehend, nur eine Fata Morgana.

Ich war beinahe verzweifelt. Eigentlich wollte ich gar nicht darüber nachdenken, dass ich wieder abreisen musste. Also fuhr ich wieder an seiner harten Länge auf und ab. Nach einem rasenden Atemzug fuhr seine Hand durch mein Haar, und sein Mund war auf meinem. In einer glühend heißen Sekunde wurden wir von unserem Kuss geradezu verzehrt – ein einziges Durcheinander aus Lippen und Zungen.

Vor lauter Verlangen zerrte ich an den Knöpfen seines Hosenschlitzes und ließ ein lautes Stöhnen gegen seinen Mund ertönen, während ich mit meiner Hand in seine Boxershorts glitt und meine Handfläche um seine samtige Erregung legte.

Da löste Alex seine Lippen von meinen und hob seinen Kopf. „Scheiße, Delilah."

Da die Couch direkt hinter ihm stand, verpasste ich ihm einen kleinen Schubs, und seine Hüften stießen dagegen. Während ich ihn weiter streichelte, murmelte er etwas Unverständliches, bevor sich seine Hüften auf der hinteren Kante der Couch niederließen.

Ich schob seine Jeans und Boxershorts ein wenig nach unten, um besser an ihn heranzukommen. Dann ließ ich meinen Blick schweifen und fuhr mit dem Daumen über den Tropfen Sperma, der aus der Spitze quoll. Ich beugte mich hinunter und ließ meine Zunge um die dicke Eichel kreisen.

Ich hörte, wie er stöhnte und „Liebling" murmelte.

Dann öffnete ich meine Lippen und saugte an seinem Schwanz, während ich ihn ganz langsam in meinen Mund nahm. Der salzige Geschmack tanzte über meine Zunge. Anschließend umfasste ich seinen Schwanz und fuhr mit meiner Zunge an der Unterseite entlang, wobei ich mit jeder Bewegung einen Sog erzeugte.

Da murmelte Alex etwas Wildes. Seine Hand verfing sich in meinem Haar und ich genoss das scharfe Stechen auf meiner Kopfhaut. Ich spürte, wie sein Schwanz anschwoll, und dann keuchte er meinen Namen. Schließlich hob ich meinen Kopf und fuhr mit meiner Zunge noch einmal nach oben.

„Delilah." Seine Augen waren wild und dunkel auf meine gerichtet.

„Mm-hmm?" Wieder umspielte ich mit meiner Zunge seine pralle Eichel.

„Ich möchte in dir sein", stieß er unverblümt hervor.

Er konnte ein bisschen herrisch sein, aber das machte mir nichts aus, kein bisschen. Meine Libido hielt das für die beste Sache überhaupt. Ich dachte nicht mal darüber nach. Langsam richtete ich mich auf, und ehe ich mich versah, hatte er mich auch schon über die Couch gebeugt und ich vergrub meine Hände in den Kissen.

Mir gefiel das Stechen auf meinem Hintern, als er mir mit der flachen Hand leichte Klapse verpasste. Dann kitzelten seine Finger zwischen meinen Beinen. Ich war klatschnass, die Säfte meiner Erregung klebten an meinen Schenkeln.

„Das gefällt dir wohl", murmelte er, als er mir ins Ohrläppchen kniff.

Ich biss mir auf die Lippe und versuchte, mein Wimmern zu unterdrücken, aber das gelang mir nicht. Ich fühlte mich leer und sehnte mich danach, dass er mich ausfüllte, um das Verlangen zu stillen, das in meinem Körper brodelte.

Seine Hand glitt über meinen Po, drückte mich und ich spürte, wie seine Finger meine geschwollene Pussy kitzelten. „Alex", flehte ich.

„Sag mir, was du brauchst."

Kapitel Achtundzwanzig

ALEX

„Dich, ich brauche dich", keuchte Delilah.

Ich konnte es nun nicht mehr länger hinauszögern. Ich war schon zu nahe an der Schwelle meiner Erregung. Seit sie mich mit ihrem frechen kleinen Mund fast in den Wahnsinn getrieben hatte, versuchte ich, mich mit aller Kraft unter Kontrolle zu halten.

Ich hielt meinen Schwanz in der Faust und betrachtete ihre rosa, schimmernde Pussy. Als sie sich nach vorne beugte und ihren knackigen Hintern nach oben reckte, kribbelte es in meiner Wirbelsäule und meine Eier zogen sich bereits vor Erwartung zusammen. Ich griff in meine Gesäßtasche und holte das Kondom heraus, das ich heute Abend in meiner Brieftasche verstaut hatte – denn ich hatte inzwischen herausgefunden, dass ich immer vorbereitet sein musste, wenn ich mit ihr zusammen war.

Nachdem ich es übergestreift hatte, ließ ich meinen Schwanz durch ihre Säfte gleiten. Da wölbte sie ihren Rücken noch mehr und hob ihren Hintern. „Alex." Ihre Stimme war rau, heiser und voller Verlangen.

Ich füllte sie mit einem einzigen tiefen Stoß und hielt ihre Hüfte mit meiner Hand fest, als sie einen leisen Schrei ausstieß.

Ich zwang mich, eine Minute lang ganz still zu halten und biss die Zähne zusammen, als sich ihr Kanal um meinen Schwanz zusammenzog. Sie ließ mich nicht lange stillhalten, nicht, wie sie sich gegen mich stemmte.

Ich zog mich zurück und stieß dann tiefer in ihren engen Kern, während mein wildes Verlangen nach ihr in mir brodelte. Sie war bereits am Rande des Wahnsinns. Das konnte ich spüren, als sie sich an mich klammerte. Ich beugte mich über sie und fuhr mit meinen Fingern über ihren geschwollenen Kitzler.

Schließlich kam sie in einem lauten Rausch und keuchte meinen Namen zwischen einzelnen Ausrufen. Ich konnte sie kaum hören, als meine eigene Erlösung über mich hereinbrach.

Mein Atem ging stoßweise, während die Spannung nachließ, wie eine Flut, die langsam abebbte. Nach einer Minute richtete ich mich auf und hob sie in meine Arme.

———

Ich konnte mich langsam daran gewöhnen, mit Delilah aufzuwachen. Am letzten Morgen vor dem Tag, an dem sie abreisen sollte, wachte ich vor ihr auf. Hier in Alaska wurden die Tage schon merklich länger. Die Sonne fiel in einem hellen, goldenen Frühlingslicht durch das Schlafzimmerfenster.

Ich stützte mich auf einen Ellbogen und betrachtete Delilah. Ihr dunkles Haar lag verstrubbelt auf dem Kopfkissen. Sie lag auf der Seite und schmiegte sich mit ihrem Po an meine Erregung. Neben ihr wachte ich immer mit einem Ständer auf. Mein Körper wusste ganz genau, was er wollte.

Ich liebte es, sie im Schlaf zu sehen, weil dann die Falten der Anspannung aus ihrem Gesicht verschwunden waren und sie so unbeschwert aussah. Ihre Wangen waren ein wenig gerötet und ihre Hände waren unter ihrem Kinn vergraben. Mein Herz machte einen nervösen Satz in meiner Brust. Ich wollte nicht, dass der morgige Tag kam. Dass sie wieder ging.

Wir aßen im Firehouse Café zu Mittag. „Das ist mein absolutes Lieblingslokal in Willow Brook", hatte Delilah behauptet.

Sie war erst vor sechs Tagen angekommen, doch heute merkte ich, wie sehr ich mich an ihre Anwesenheit gewöhnt hatte. Einerseits fühlte es sich so an, als wäre sie schon viel länger hier. Andererseits kam es mir so vor, als hätten wir nur einen Bruchteil der Zeit, die ich mit ihr haben wollte. Meine innere Zeitrechnung spielte keine Rolle, nicht ein bisschen, da sie morgen abreisen würde.

Janet kam an unseren Tisch und servierte unsere Teller ab. Sie schenkte uns ein breites Lächeln, während sie mit ihren braunen Augen zwischen uns hin und her schaute. „Also, Delilah, ich habe gehört, dass du dich zwischen einem Praktikum in der Notaufnahme oder in der Hausarztpraxis entscheiden möchtest. Was denkst du?"

Delilah sah auf einmal ganz verdattert aus. Ihre Augen weiteten sich, ihr Mund öffnete sich, bevor sie ihn schnell wieder schloss. „Ich habe überhaupt keine Ahnung", sagte sie schließlich.

Ein ungutes Gefühl kroch mir über den Rücken. Ich konnte mir gut vorstellen, dass sie es nicht wusste, aber ich wünschte mir so sehr, dass es anders war.

Ein paar Minuten später stiegen wir in meinen Wagen. Delilah schwieg, als ich den Motor anließ und vom Parkplatz in Richtung des Hauses meiner Eltern fuhr, das auf dem Weg nach Hause lag.

Wie aus dem Nichts fragte Delilah: „Erzählst du den Leuten, dass ich wegen meines Praktikums zurückkomme?"

Verdammt. Ich wollte nicht, dass Delilah noch mehr ausflippte, als sie das ohnehin schon tat.

„Ich habe niemandem irgendetwas erzählt. Ich schätze, du solltest Holly oder Rachel danach fragen. Holly ist wahrscheinlich die Schuldige."

Delilah sagte so lange gar nichts, dass ich irgendwann einen Blick auf sie warf. Sie schaute aus dem Fenster, mit den bekannten gespannten Fältchen um ihren Mund und ihren steifen Schultern.

„Ziehst du das denn überhaupt in Erwägung?", hörte ich mich fragen.

Ich sah sie nicht, weil ich wieder nach vorne schaute, aber ich spürte, wie Delilahs Kopf in meine Richtung schwenkte. „Keine Ahnung. Da ich ständig danach gefragt werde, denke ich natürlich darüber nach. Aber was sollen wir jetzt bloß tun? Alex. Es kommt mir ganz schön bescheuert vor, quer durchs Land zu ziehen. Der einzige Grund, warum ich hierherkommen würde, wärst du."

Da sah ich sie an und spürte förmlich, wie ihr Blick brannte. „Für dich würde ich jederzeit quer durchs Land ziehen."

Kapitel Neunundzwanzig

DELILAH

Mai

Für dich würde ich jederzeit quer durchs Land ziehen.

Dieser eine Satz von Alex drehte sich seit Wochen in meinen Gedanken im Kreis. Ich war schon knapp davor, durchzudrehen.

Ich warf noch einen letzten Blick auf meinen Vater, der tief und fest schlief, wie schon während meines gesamten Besuchs heute Nachmittag, bevor ich aufstand und leise das Zimmer verließ. Meine Mutter war in der Küche und pflanzte Setzlinge in ihre Blumenkästen. Die würde sie schon bald an ihr Terrassengeländer hängen.

Als ich in die Küche kam, sah sie auf und ihr Blick begegnete meinem. „Schläft er noch?"

Ich nickte. „Oh, ja. Wenn er wach ist, wie geht es ihm dann?"

Meine Mutter sah nach unten, während sie vorsichtig mit den Fingerspitzen die Erde abtastete. „Er ist nur hier und da für eine Stunde wach. Ich glaube, er ist vor allem müde. Sie geben ihm so viele Schmerzmittel, dass er wohl kaum Schmerzen hat, wofür ich wirklich sehr dankbar bin." Während sie sich die

Blumenerde von den Fingerspitzen wischte, schaute sie wieder zu mir auf. „Und wie geht es dir?"

„Mir geht's gut. Gibt es irgendwelche Neuigkeiten von seinem Arzt oder dem Hospizdienst?"

„Nichts Neues. Man geht davon aus, dass er nicht mehr als ein paar Monate zu leben hat. Daran hat sich nichts geändert."

„Haben sie das nicht auch schon bei der Erstdiagnose gesagt?"

Meine Mutter stand auf und begab sich zum Waschbecken, wo sie sich die Hände wusch, während sie antwortete: „Das wurde mir zumindest gesagt. Die Krankenschwestern haben mir erzählt, dass sie schon Fälle erlebt haben, bei denen jemand so weit fortgeschritten war, dass er eine Weile immer schwächer wurde, bis er schließlich gestorben ist." Meine Mutter drehte sich herum und trocknete ihre Hände mit einem Geschirrtuch ab, bevor sie es über den Griff des Ofens hängte.

Ich holte tief Luft und ließ sie langsam wieder ausströmen. „Na gut. Ich wünschte nur, wir wüssten mehr."

Da neigte meine Mutter den Kopf zur Seite. „Du möchtest genau wissen, wann er stirbt? Schatz, das Leben gibt uns nur sehr selten solche Garantien. Zwar müssen wir alle irgendwann einmal sterben, aber wann genau, ist schwer zu sagen. Selbst bei jemandem, der so krank ist wie dein Vater."

„Ich weiß, ich weiß", antwortete ich und rieb mir unschlüssig mit den Fingern über mein Brustbein. Es brannte in meinem Hals und in meinem Herzen.

„Seit du ein kleines Mädchen warst, wolltest du immer Garantien haben. Jedes Mal, wenn wir umgezogen sind, hast du verlangt: ‚Sagt mir, wie lange wir hierbleiben. Und zwar ganz genau.'" Ihr Mund verzog sich zu einem traurigen Lächeln. „Natürlich begreife ich heute, dass die Ungewissheit, die du in deiner Kindheit erlebt hast, genau der Grund ist, warum du jetzt nach Sicherheit suchst. Nur damals war mir das nicht so klar."

Da verstärkte sich das brennende Gefühl. Ich drehte mich schnell um und schaute aus dem Fenster, während ich meine

Arme vor der Brust verschränkte. „Vielleicht", antwortete ich und bemühte mich, meinen Tonfall zwanglos und unverbindlich zu halten.

„Wie war dein Trip nach Alaska? Du hast gar nichts erzählt, seit du wieder hier bist." Die Stimme meiner Mutter wurde lauter, während sie den Raum durchquerte und sich neben mich stellte.

Ich ließ meinen Blick über das Stolen Hearts Valley und den Garten meiner Großmutter schweifen. Der Frühling war da. Ich konnte die grünen Triebe der Blumenzwiebeln in den Beeten sehen, und unter einem der Bäume blühten bereits die Narzissen. Alles war saftig und grün. Meine Mutter war bereits mit dem Gewächshaus und dem Anlegen der Beete beschäftigt.

„Delilah?", fragte meine Mutter. „Schatz, geht es dir gut?"

Ich ließ meinen Blick abschweifen und zuckte mit den Schultern. „Ich denke schon. Dad und ich standen uns zwar nie nahe, aber ich bin dennoch traurig, dass er stirbt."

Es hätte mir zu denken geben sollen, dass ich lieber über den Tod meines Vaters sprach, als die höfliche Frage meiner Mutter über meine Reise nach Alaska zu beantworten. Aber ihre Bemerkung über meinen Wunsch nach Sicherheiten im Leben hatte mich auf all das aufmerksam gemacht, womit ich gerade in Bezug auf Alex und mich zu kämpfen hatte.

Meine Mutter legte ihren Arm um meine Schultern und drückte mich sanft. „Ich weiß, Schatz."

Ich spürte, wie mein Handy in meiner Tasche vibrierte, und das Geräusch riss mich aus dem Augenblick. Nachdem ich es herausgezogen hatte, fiel mein Blick auf meinen Kalender, der mich daran erinnerte, dass ich heute Abend eine Schicht in der Bar hatte. „Ich muss los, Mom."

Ihr Arm glitt von meinen Schultern und sie begleitete mich zu meinem Auto. Ich kurbelte das Fenster herunter, nachdem ich es gestartet hatte. „Wenn sich mit Dad was anbahnt, rufst du mich doch an, oder?"

„Natürlich. Und wenn du das nächste Mal vorbeikommst, erzählst du mir vielleicht, wie deine Reise nach Alaska war."

———

Drei Wochen später

„Hier, bitte", sagte ich schnell, während ich mit einer Hand eine Bierflasche über die Theke schob.

Ich war gerade dabei, mich umzudrehen und eine weitere Bestellung aufzunehmen, als ich hörte: „Danke, meine Hübsche. Krieg ich vielleicht deine Nummer?"

„Auf keinen Fall", rief ich zurück und zeigte dem Typen den Mittelfinger.

Zum Glück arbeitete ich in einer Bar, in der das Management voll und ganz hinter uns stand, wenn wir so schonungslos wie nötig gegenüber unhöflichen, aufdringlichen und unverschämten Kunden auftraten. Die vielen Sprüche, die mir häufig an den Kopf geworfen wurden, gehörten einfach dazu, wenn man Barkeeper und eine Frau ist. Die meiste Zeit zuckte ich nicht mal mit der Wimper. Heute Abend war ich allerdings bissiger als sonst, meine Geduld war am Ende. Vielleicht lag das ja auch daran, dass ich Alex letzte Woche mitgeteilt hatte, dass wir aufhören sollten, uns vorzumachen, dass wir eines Tages in der Lage sein würden, den nächsten Schritt zu machen. Ich hatte mein eigenes verdammtes Herz gebrochen.

Er hatte versucht, zu widersprechen und mich immer wieder angerufen. Schließlich hatte ich seine Nummer unterdrückt, weil es wehtat, die Liste der Anrufe zu sehen, die ich ignoriert hatte. Unterdrücken, diese praktische Funktion der modernen Technik. Nicht ganz so radikal wie jemanden zu blockieren, aber es erlaubte mir, ihm vorerst keine Beachtung zu schenken.

Seitdem war ich todunglücklich. Es tat mir weh, dass er sich nicht mehr Mühe gegeben hatte, die Sache anzupacken. Seine

Anrufe waren immer mehr zurückgegangen – und ich hasste es, was eigentlich lächerlich war. Ich schämte mich, dass ich das überhaupt dachte.

Währenddessen servierte ich weiter Getränke und versuchte, den Abend irgendwie zu überstehen. Heute Abend flossen Unmengen an Trinkgeld. In der Weinkellerei fand eine Hochzeit statt, was bedeutete, dass wir jede Menge Zulauf hatten und Leute, die Geld ausgeben wollten. Nach Ladenschluss wischte ich gerade den Tresen ab, als Jade Cole fragte: „Süße, du machst ja heute ein Gesicht wie zehn Tage Regenwetter. Was ist denn los? Und das meine ich total liebevoll, denn du weißt ja, dass ich normalerweise die Launische bin.“

Ich tauchte einen Lappen in das Bleichegemisch und wischte den Tresen mit schnellen, gezielten Bewegungen ab. Jade war eine Freundin und sprang an der Bar ein, wenn wir zusätzliche Hilfe brauchten.

Ich blickte auf und sah ihr in die Augen. „Mein Terminkalender spielt derzeit einfach verrückt. Ich habe zu viel zu tun, um zwischen Arbeit und Studium bei Verstand zu bleiben.“ Gut, das stimmte ja auch. Aber gleichzeitig wich ich den wahren Gründen für meine Stimmung aus.

Jade schwieg einen Augenblick, bevor sie fragte: „Wie läuft es eigentlich mit Alex?“

Sobald ich aufblickte, wusste ich, dass ich mich verraten hatte. Jades Augen begannen zu funkeln. „Ich habe ihn an dem Abend kennengelernt, als ihr in der Bar wart. Vergiss nicht, dass ich auch für dich eingesprungen bin, als du nach Alaska gefahren bist.“

Ich war fertig mit dem Putzen des Tresens und warf das Tuch in den Wäschekorb. Dann ließ ich meine Hüften auf die Lehne eines Barhockers gleiten und stützte mein Gesicht in meine Hände. Mein Seufzen drang durch meine Finger.

Ich wollte kein Feigling sein, also hob ich den Kopf und begegnete ihrem Blick. „Ich habe mit ihm Schluss gemacht. Das

Ganze hat doch ohnehin keinen Sinn. Nicht, solange er dort ist und ich hier. Verstehst du?"

Jade warf mir einen langen, nachdenklichen Blick zu, während sie ihre Hände unter dem Wasserhahn im Waschbecken auf der anderen Seite der Bar abspülte. „Ich weiß nicht. Alex scheint ein guter Kerl zu sein. Du redest nicht viel über deine Familie, aber hält sie dich hier? Denn warum gehst du nicht einfach nach Alaska?"

Kapitel Dreißig

ALEX

Fast hätte ich mein Handy gegen die Wand geschleudert. Rex Masters sah mich von seinem Schreibtisch auf dem Polizeirevier in Willow Brook aus an. „Frauenprobleme?", fragte er mit einem schiefen Grinsen.

Ich lehnte mich in dem Stuhl in seinem Büro zurück und fuhr mir mit einer Hand durch die Haare. „Warum geht sie verdammt noch mal nicht ran, wenn ich sie anrufe?", fragte ich.

Rex warf mir einen mitleidigen Blick zu, den ich hasste. „Das kann ich dir natürlich nicht sagen. Ich kann dir nur sagen, dass sie deine Nummer nicht wirklich geblockt hat." Ich hatte Rex auf dem Polizeirevier gefragt, ob man irgendwie feststellen konnte, ob eine Nummer tatsächlich geblockt war. Er hatte mir den Gefallen getan und die Nummer abgefragt, nur um zu erfahren, dass Delilah mich nicht geblockt hatte. Das bedeutete nur, dass sie alle Anrufe und SMS von mir einfach ignorierte.

„Ich weiß, Rex."

In diesem Augenblick klopfte es an seiner Tür. Rex rief: „Herein!"

Cade Masters, Rex' Sohn und ein Freund von mir, betrat den Raum. Rex war der Polizeichef hier in Willow Brook, während

Cade der Einsatzleiter einer der in Willow Brook stationierten Feuerwehren war.

„Oh", meinte Cade und zog die Brauen hoch, als er mich sah. „Tut mir leid, dass ich störe."

„Hey, kein Problem", antwortete ich, und stand von meinem Stuhl auf.

„Alex hat Frauenprobleme", stellte Rex fest. *Unnötig*, dachte ich.

Cade sah zwischen uns hin und her und blieb ruhig, obwohl seine Lippen leicht zuckten. Dann schaute er wieder zu seinem Vater. „Ich wollte nur fragen, ob du möchtest, dass ich dich heute Nachmittag zu deinem Auto bringe, damit du es von der Werkstatt abholen kannst."

„Das wäre ja toll", antwortete Rex. „Wann fährst du los?"

Cade warf einen Blick auf seine Uhr. „In etwa fünf Minuten. Passt das?"

„Das schaffe ich." Als ich mich zum Gehen wandte, rief Rex: „Alex?"

„Ja?" Ich drehte mich an der Tür um und schaute zu ihm zurück.

„Kämpfe um sie, wenn sie dir so viel bedeutet."

„Das werde ich versuchen."

Cade folgte mir in den Flur. Er schwieg, bis wir auf den Parkplatz traten. „Ich frage mich, warum um alles in der Welt ausgerechnet mein Vater dir Beziehungstipps gibt."

Ich sah ihm in die Augen und verdrehte die meinen. „Ich bin einfach nur ein Vollidiot. Ich bin hergekommen, um ihn zu fragen, ob er herausfinden kann, ob meine Nummer geblockt ist. Und das ist sie nicht."

Cade wollte gerade antworten, als ein Truck mit der Aufschrift Kick A** Construction auf den Parkplatz einbog. Er lächelte breit, während seine Frau Amelia einparkte und schnell ausstieg. Sie steuerte direkt auf uns zu, während wir neben den Türen der Wache standen. Amelia war großgewachsen, hatte lange Beine und war total vernarrt in ihren Mann. Cade stellte unter Beweis, wie sehr er immer noch von ihr angetan war, indem er ihr entgegenjoggte, um sie zu einem Kuss heranzuziehen.

Amelias Wangen waren ganz rot, als sie sich einen Augenblick später lachend zurückzog. „Ich wollte eigentlich nur fragen, ob du möchtest, dass ich dich zum Truck deines Dads bringe“, meinte sie und schaute mit einem flüchtigen Lächeln in meine Richtung.

„Komisch, dass du das erwähnst“, rief ich ihr zu. „Ich schätze, ihr müsst wohl darum ringen, wer Rex abholen darf. Ich würde euch ja meine Hilfe anbieten, aber ich schätze, das ist jetzt wohl nicht nötig.“

Amelia gluckste. „Was hast du eigentlich hier zu suchen?“

„Meinen Dad nach Beziehungsratschlägen fragen“, erwiderte Cade trocken.

Jetzt sah Amelia wirklich verdutzt aus.

„Beachte ihn einfach nicht“, sagte ich.

„Kommt Delilah zurück?“, fragte Amelia.

Noch bevor ich antworten konnte, trat Beck Steele aus der Hintertür der Wache. Großartig, einfach verdammt großartig. Beck ließ keine Gelegenheit aus, andere auf den Arm zu nehmen. Als er uns sah, steuerte er sofort auf uns zu. „Was gibt's?“

Amelia warf Beck einen Blick zu. „Anscheinend ist Alex hier, um sich von Rex Beziehungsratschläge geben zu lassen.“

Da machte Beck große Augen und schaute von Amelia zu mir. „Hm?“

„Verdammt noch mal“, murmelte ich. „Das ist nicht wirklich das, was sich hier ereignet hat.“

„Aber du hast meine Frage noch gar nicht beantwortet. Kommt Delilah zurück?“, wiederholte Amelia.

„Ich habe keine Ahnung“, erwiderte ich seufzend. „Ich würde ja gerne zustimmen, allein fehlt mir der Glaube. Sie macht es mir nicht gerade leicht. Im Augenblick möchte sie überhaupt nicht mit mir reden.“

Beck steckte seinen Daumen in die Tasche seiner Jeans und warf mir einen langen Blick zu. „Alter, wenn du Beziehungsratschläge über Frauen brauchst, die es dir nicht leicht machen, bin ich genau der Richtige für dich", sagte er. Er bezog sich dabei auf seine Frau Maisie, die ihn tatsächlich sehr zu lieben schien, es Beck aber bestimmt nicht leicht gemacht hatte, als sie zusammengekommen waren.

„Ja, nun, Maisie ist hier in Willow Brook. Delilah hingegen lebt in North Carolina. Und die Sache ist viel schwieriger, wenn Tausende von Kilometern dazwischen liegen", antwortete ich genervt.

Beck sah mich unverwandt an, und ich zuckte unruhig mit den Schultern. So sehr Beck es auch liebte, Witze zu machen, so entwaffnend scharfsinnig war er manchmal. „Alter, wenn sie dir so viel bedeutet, dann würde ich sagen, beweg deinen Arsch lieber schnellstens nach North Carolina."

———

Ich überlegte mir, wie ich Delilah wohl am besten erreichen könnte. Denn auch wenn sie mich ignorierte, hatte ich das Gefühl, dass sie das mehr aus Selbsterhaltungstrieb tat als alles andere.

Völlig am Ende meines Lateins, rief ich Remy an. Er nahm nach dem zweiten Klingeln ab. „Was gibt's?"

„Hey, Remy, ich bin's, Alex. Du musst mir einen Gefallen tun."

„Gerne. Was brauchst du?"

„Kannst du Delilah eine Nachricht von mir übermitteln?"

Ein paar Tage später, nachdem Remy mir versichert hatte, dass er seine Freunde im Stolen Hearts Valley benachrichtigen würde, um Delilah eine Nachricht zukommen zu lassen, war ich auf dem Flugplatz und arbeitete an einem Flugzeugmotor.

Mit diesem Motor ging irgendwas Seltsames vor sich, und ich nahm alles vorsichtig auseinander. Sobald ich die Abdeckung der

Batterie abnahm, gab es einen lauten Knall. Ich zog mich schnell aus dem Innenraum zurück und drehte mich herum, als ich ein kleines Flugzeug sah, das gerade gelandet war. Sein Motor stand in Flammen.

Ich hörte Schreie, während ich über den Parkplatz zur Landebahn rannte. In der Ferne konnte ich weitere Schritte hören. Am Flugzeug angekommen, sah ich den Piloten über dem Steuer zusammengesunken. Fred war ein alter Freund und war, solange ich mich erinnern konnte, quer durch Alaska geflogen. Er war bewusstlos. Zwei Passagiere im hinteren Teil des Flugzeugs stiegen bereits aus. Ich rief ihnen zu, so schnell wie möglich zu verschwinden, während ich die Tür aufriss und nach Fred sah. Doch das Letzte, woran ich mich erinnerte, war ein weiterer lauter Knall, als ich sein Gewicht in meine Arme nahm.

Kapitel Einunddreißig

ALEX

Alaska, 3 Uhr morgens

Ich versuchte, meine Augen zu öffnen, doch ich fühlte mich wie benebelt. Ich blickte nach oben an eine leere weiße Decke. Als ich meinen Kopf zur Seite drehte, sah ich einen hellblauen Vorhang neben meinem Bett. Schon das Bewegen meines Kopfes tat höllisch weh.

„Was zum Teufel?", murmelte ich vor mich hin.

Nachdem ich meine Umgebung in Augenschein genommen hatte, stellte ich fest, dass ich in einem Krankenhausbett lag und mein Kopf pochte. Als ich mich aufsetzen wollte, merkte ich, dass ich zu schwach dafür war und ließ mich in die Kissen sinken.

Ich versuchte mich zu erinnern, was passiert war. Es dauerte einen Augenblick, aber dann fiel mir wieder ein, dass der Motor von Freds Flugzeug explodiert war, nachdem er gelandet war, und dass ich hinübergelaufen war, um nachzusehen. Das Letzte, woran ich mich erinnerte, war, dass ich ihn herauszog, während die Passagiere das Flugzeug verlassen hatten. Danach war mein Gedächtnis ein riesiger leerer Fleck.

Erneut versuchte ich, mich aufzusetzen. Doch ich bekam kaum Luft und ließ mich wieder in die Kissen plumpsen. „Scheiße."

Als ich mich umsah, konnte ich nicht erkennen, ob ich allein war oder nicht. An der Seite meines Bettes befand sich ein Fenster, und es war noch dunkel draußen. Ich wusste, dass ich mich in Willow Brook befand, denn ich konnte die Lichter der Innenstadt direkt vor dem Krankenhaus sehen. Nachdem ich mich an meinem Bett umgesehen hatte, stellte ich fest, dass ich eine Infusionsnadel im Arm hatte.

Schließlich fiel mein Blick auf einen Knopf, von dem ich annahm, dass es der Rufknopf für die Krankenschwestern war. Also drückte ich ihn, um Hilfe zu holen.

Einen Augenblick später hörte ich, wie sich die Tür öffnete und Schritte folgten, bevor der Vorhang zurückgeschoben wurde. „Na, wie geht es dir, Alex?", fragte der Pfleger.

„Was zum Teufel ist hier los?" Ich erkannte den Pfleger sofort. Chris Grant war einer von Hollys guten Freunden hier im Krankenhaus. „Wie kommt es, dass du hier bist?"

Chris lächelte. „Diese Woche ist jemand im Urlaub, also übernehme ich ein paar Nachtschichten. Weißt du noch, was passiert ist?" Er trat an den Monitor neben meinem Bett, um ein paar Dinge zu überprüfen.

„Das Letzte, woran ich mich erinnere, ist, dass ich Fred aus dem Flugzeug gezogen habe. Die Passagiere sind herausgesprungen und wirkten wohlauf. An alles andere kann ich mich nicht mehr erinnern. Kannst du mir mehr sagen? Kannst du mir vor allem sagen, ob es Fred gut geht?"

Chris zog einen Stuhl heran und setzte sich neben mein Bett. „Klar doch. Fred geht es gut. Er liegt im Bett nebenan. Ihr habt beide das Bewusstsein verloren, als eines der Triebwerke des Flugzeugs in die Luft geflogen ist. Zum Glück sind die Passagiere unversehrt. Sie haben euch beide rasch da rausgeholt. Ich vermute, dass du einen leichten Hörverlust hast, aber ein Facharzt wird sich das später ansehen."

Ich hatte gedacht, ich könnte gut hören, aber eines meiner Ohren klingelte ein wenig.

„Warum bin ich dann noch hier?"

Chris zog die Augenbrauen hoch. „Du mit deinen vielen Fragen. Du bist doch gerade erst aufgewacht. Hast eine leichte Gehirnerschütterung. Du warst völlig weggetreten. Wir haben dich eine Zeit lang mit Sauerstoff versorgt, bevor sich deine Atmung schlagartig verbessert hat. Du hast ein paar Schürfwunden am Rücken, weil du von der Explosion auf den Asphalt geschleudert worden bist. Außerdem hast du wahrscheinlich einen höllischen Muskelkater, aber sonst geht es dir gut. Du hast Fred das Leben gerettet. Wäre er im vorderen Teil des Flugzeugs eingeklemmt gewesen, als die zweite Explosion hochgegangen ist, wäre die Sache für ihn viel schlimmer ausgegangen. Das vordere Ende des Flugzeugs hat fast sofort Feuer gefangen, weil schon bei der ersten Explosion Treibstoff ausgelaufen ist."

Ich betrachtete Chris und versuchte zu verarbeiten, was da alles vorgefallen war. „Verdammt. Ich kann gar nicht fassen, dass ich mich daran nicht mehr erinnern kann."

„Nun, du hast das Bewusstsein verloren. Wenn man bewusstlos ist, kann man sich an nichts erinnern", stellte er nüchtern fest.

Ich verdrehte die Augen. „Kein Wunder, dass es mir so schwerfällt, mich aufzusetzen. Mein Rücken tut weh und mir geht innerhalb einer Sekunde die Puste aus."

Chris erhob sich vom Stuhl und griff sofort nach etwas auf dem fahrbaren Ständer neben meinem Bett. Er steckte mir einen Clip an den Daumen. „Ich möchte den Sauerstoffgehalt deines Blutes überprüfen. Vielleicht müssen wir dir etwas mehr geben."

Nach einer Minute schüttelte er den Kopf. „Nein, die Werte sind gut. Ich schätze, du spürst noch die Auswirkungen der Explosion."

„Bekommt Fred noch Sauerstoff?"

„Ja, aber er wird wieder gesund. Er ist älter und hat bei der Landung das Bewusstsein verloren. Er hat ein paar Prellungen an den Rippen von der harten Landung. Daher haben wir ihm Schmerzmittel gegeben."

„Ich habe keine Schmerzmittel bekommen?", stichelte ich.

Chris neigte seinen Kopf zur Seite. „Doch, aber eine viel geringere Dosis. Du bist jünger. Du kannst damit umgehen. Aber wenn du Schmerzen hast, sag mir Bescheid."

Ich atmete tief durch und tastete meinen Körper ab. „Ich habe zwar Schmerzen, aber ich komme schon klar. War meine Familie schon hier?"

Chris seufzte. „Willst du mich verarschen? Aber natürlich! Holly hätte dich am liebsten gleich höchstpersönlich verarztet, als der Krankenwagen dich mit Fred eingeliefert hat. Ich habe sie mit Gewalt wegziehen müssen. Jetzt dösen alle im Wartezimmer oder schlürfen Kaffee."

„Wer sind alle?"

„Deine Mom und dein Dad, Holly und Nate. Möchtest du sie sehen?"

„Sehr gerne. Aber wacht Fred dadurch nicht auf?"

„Komm, wir rollen dich am besten mal raus", antwortete Chris in verschwörerischem Tonfall.

Mit seiner Hilfe setzte ich mich in einen Rollstuhl, an dem meine Infusion befestigt war, und er rollte mich die Gänge entlang. Die einzigen Geräusche zu dieser Stunde waren das Summen und Piepen der Krankenhausmaschinen.

Sobald ich mit dem Rollstuhl in den Warteraum gefahren wurde, wurde mir ganz eng in der Brust. Holly schlief, die Knie angezogen und mit dem Kopf auf Nates Schulter. Er war tatsächlich wach. Seine Augen hoben sich von der Zeitschrift auf seinem Schoß und sofort breitete sich ein Lächeln auf seinem Gesicht aus.

Meine Eltern schliefen beide, und ich hielt meinen Finger an meine Lippen. Nate rüttelte sanft an Hollys Schulter. Sie wachte sofort auf und sah zu ihm auf, bevor sie sich wild im Zimmer umblickte und schließlich mich entdeckte.

„Alex!" Sie sprang auf, und Nate folgte ihr durch den Raum.

„Mach nicht so einen Lärm. Ich möchte Mom und Dad nicht aufwecken", erwiderte ich leise, als sie bei mir angekommen war.

„Weck sie ruhig auf", meinte sie. „Die beiden möchten dich doch nur kurz sehen. Dann gehen sie ohnehin nach Hause und legen sich schlafen."

Hollys Stimme hallte durch den Raum und meine Mutter hob den Kopf. Im nächsten Augenblick standen sie alle um meinen Rollstuhl herum.

„Wie geht es dir?", fragte Holly. „Hat Chris alle deine Werte überprüft?"

Er stand hinter meinem Stuhl und ich konnte mir gut vorstellen, dass sie dafür ein Augenrollen erntete. „Natürlich. Alles sieht gut aus. Er fühlt sich noch ein bisschen schwach, aber es geht ihm gut."

„Wie sieht es mit seinem Sauerstoffgehalt aus?", drängte Holly.

„Innerhalb der normalen Grenzwerte", antwortete Chris geduldig.

Meine Mom kniete sich neben meinen Rollstuhl und schloss ihre Hände um meine. „Wie geht es dir? Du hast uns ja einen gehörigen Schrecken eingejagt."

„Mir geht's gut. Ich habe ein paar Schmerzen, aber das wird schon wieder. Ich nehme an, dass sie heute Vormittag mein Gehör untersuchen."

„Wie ist es jetzt?", fragte Holly und beugte sich zu mir herunter. Ihre Augen suchten mein Gesicht ab, als ob sie das nun irgendwie selbst herausfinden könnte.

„Du sprichst ziemlich laut, also kann ich dich gut hören. Aber ich bin mir nicht sicher. Mein Kopf fühlt sich immer noch ein bisschen benebelt an."

Da richtete sich Holly auf und schlang ihre Arme fest um ihren Oberkörper. Als ich zu meinem Dad aufblickte, sah ich in seinen Augen bloß unbändige Sorge. „Mir geht es gut, Dad."

Er klopfte mir auf die Schulter. „Ich weiß. Obwohl du uns ganz schön zugesetzt hast."

„Fred geht es auch gut. Anscheinend hat er mehr Schmerzmittel bekommen als ich", witzelte ich, um die Stimmung aufzulockern.

„Das ist doch klar", erklärte Holly. „Er ist älter. Er muss sich wohlfühlen."

„Und ich soll mich nicht wohlfühlen?", entgegnete ich und blickte wieder zu Holly.

„Doch, aber alles hat seine Grenzen."

Dann kullerte ihr eine Träne über die Wange und sie wischte sie mit dem Handrücken beiseite. Nate legte einen Arm um ihre Schultern. „Schon gut. Es geht ihm ja gut."

„Ich weiß", schniefte Holly. „Aber das alles hat mir echt Angst gemacht."

Meine Mutter drückte noch einmal meine Hand, bevor sie sich aufrichtete und mir einen Kuss auf die Schläfe hauchte.

„Warum geht ihr nicht nach Hause und schlaft euch aus? Ich weiß nicht mal, wie spät es ist", begann ich und sah mich im Zimmer um, bevor mein Blick auf der Uhr in der Mitte der Wand landete. „Verdammt, es ist drei Uhr nachts. Ab nach Hause."

Nate gluckste. „Jetzt, wo wir dich alle gesehen haben, gehen wir nach Hause."

„Ich habe zu Mittag Dienstbeginn; dann werde ich gleich nach dir sehen", versprach Holly. „Und du solltest besser wach sein."

Chris lachte. „Wenn er schläft, lass ihn sich ausruhen."

Nachdem meine Familie gegangen war und Chris mich zurück in mein Zimmer gebracht hatte, half er mir, wieder ins Bett zu kommen. Ich hasste es, dass ich seine Hilfe brauchte, aber ich war müde und hatte höllische Schmerzen.

Dann lag ich im Bett und überlegte, wie ich Delilah erreichen konnte. Kurz bevor Chris das Zimmer verließ, rief ich: „Weißt du zufällig, wo mein Handy ist?"

„Keinen blassen Schimmer. Ich werde mal in deinen Sachen nachsehen. Wenn du es bei dir gehabt hast, ist es wahrscheinlich in einer Tüte bei deinen Sachen. Wenn nicht, schreibe ich Holly eine SMS. Dann macht sie sich auf die Suche danach.“

Kapitel Zweiunddreißig

DELILAH

Spätnachmittags in North Carolina – am darauffolgenden Tag

Ich vermisste Alex. Richtig doll.

Ich ertappte mich dabei, wie ich geistesabwesend über mein Herz rieb, als ob ich damit den Schmerz lindern könnte. Schmerz, der ganz allein meine Schuld war. Schließlich hatte ich nicht auf seine Anrufe reagiert, obwohl die schon so gut wie aufgehört hatten. Zu diesem Zeitpunkt hielt mich nur noch mein Stolz davon ab, ihn anzurufen. Mein Stolz und die Angst, dass ich keine SMS mehr von ihm finden würde, sobald ich ihn nicht mehr stummgeschaltet hatte. Ich schummelte und sah trotzdem fast jeden Tag nach.

Schon früh erschien ich zu meiner Schicht in der Bar. Am Nachmittag war es hier ruhig. Wir servierten zwar auch Mittagessen, aber bis zum Abendessen war es immer ziemlich leer. Heute gab es ein paar Gäste, die Bier tranken und Karten spielten, und ein paar junge Leute von einem nahe gelegenen College spielten Billard. Die waren sogar ziemlich leise. Ich freute mich über jedes kleine Wunder.

Griffin blickte auf, als ich vom Gang aus den hinteren Teil

der Bar betrat. „Hey, du. Hätte nicht erwartet, dich heute hier zu sehen. Hat Shay dich erreicht?"

Seine Frage verwirrte mich. „Stehe ich nicht auf dem Plan?", fragte ich.

Schnell schritt ich hinüber und tippte auf den Bildschirm des Tablets, das wir hinter der Bar angebracht hatten und das gleichzeitig als Kasse diente. Ich scrollte durch die Liste der geplanten Schichten und sagte: „Siehst du, da stehe ich doch."

„Das weiß ich doch. Aber ich habe schon Jade angerufen und sie gefragt, ob sie einspringen kann. Shay war hier und hat nach dir gesucht. Dein Lebensgefährte hatte einen Unfall."

Ich wurde immer verunsicherter, weil mein Gehirn nicht ganz verstand, wovon Griffin sprach. Doch mein Körper schien es besser zu wissen. Ein unangenehmes Gefühl zog sich in meiner Brust zusammen und in meinem Bauch kroch die Angst hoch. „Wovon redest du?"

„Alex. Er war in einen Unfall verwickelt. Ich schätze, Remy hat Shay angerufen, weil er deine Nummer nicht hatte, und Shay kam hierher, um dich zu suchen. Ich habe mir gedacht, dass du den Abend frei haben möchtest. Jade ist gleich da, also mach dir keine Sorgen."

Mein Verstand fühlte sich an, als wäre er völlig leergefegt, und ich hörte mich selbst wie betäubt fragen: „Was ist denn passiert? Er ist nicht mein Lebensgefährte. Und wo ist Shay jetzt?" Die Fragen sprudelten nur so aus mir heraus und Panik machte sich in mir breit. Mir war plötzlich schwindelig und mein Herz raste so heftig, dass ich nicht mehr zu Atem kam.

Griffins Stimme durchbrach das Rauschen. „Hey, ganz ruhig, Delilah. Setz dich doch." Ich spürte, wie ein Stuhl gegen meine Kniekehlen drückte, und meine Hüften sackten mit einem dumpfen Schlag zusammen. „Ich rufe Shay an."

Eine Minute später hielt mir Griffin tatsächlich eine kleine Papiertüte vor die Nase. Ich betrachtete ihn ausdruckslos und verstand nicht, was er vorhatte.

„Du hyperventilierst. Du musst dir die Tüte vor den Mund

halten und ein paar Mal tief einatmen", erklärte Griffin mit fester Stimme.

Als ich mich nicht rührte, hielt er mir die Tüte vor den Mund, und ich schloss meine Hand darum. Ein paar Minuten später bekam ich ausreichend Luft in meine Lungen, so dass das Schwindelgefühl langsam nachließ.

„Ich habe sie noch erwischt, bevor sie auf den Highway aufgefahren ist. Sie holt dich ab", erklärte Griffin, während ich die Tüte auf meinen Schoß sinken ließ.

„Geht es Alex denn gut?"

Griffin nickte. Er sah gut aus, aber zwischen uns hatte es nie gefunkt, was wichtig war, weil er ein guter Freund war und ich unsere Freundschaft nicht kaputt machen wollte.

„Shay sagt, er wird wieder gesund. Es hat irgendetwas mit einer Explosion zu tun. Tut mir leid, dass ich nicht mehr weiß."

Ich griff in meiner Tasche nach meinem Handy, aber ohne Erfolg. „Kannst du bitte mal meine Handtasche holen?"

Ohne ein Wort zu sagen, wandte sich Griffin ab und schob sich durch die Tür in den hinteren Flur. Einen Augenblick später kam er zurück und reichte mir mein Handy. „Ich habe mir erlaubt, es aus deiner Handtasche zu nehmen. Ich hoffe, das ist in Ordnung."

Ich murmelte ein Dankeschön, während ich das Display aufrief. Dort sah ich die verpassten Anrufe von Shay und schaltete dann die Benachrichtigungen für Alex' Nummer wieder ein. Ich sah schweigend zu, wie sich eine Reihe von Nachrichten ansammelte.

„Hast du seine Nummer geblockt, verdammt?", fragte Griffin.

Als ich aufblickte, merkte ich erst, dass ich weinte, während er sich umdrehte und sich eine Cocktailserviette vom Stapel auf der Bar schnappte. „Das heißt dann wohl ja", meinte er.

Ich schnäuzte mich und wischte mir mit der zusammengeknüllten Serviette die Tränen aus den Augen. „Ich habe ihn nicht geblockt, aber ich habe die Benachrichtigungen von seiner Nummer ausgeschaltet. Ich bin so eine Idiotin."

„Sag mir etwas, das ich noch nicht weiß", antwortete Griffin trocken. „Eigentlich bist du keine Idiotin, Delilah. Du bist verdammt schlau, zum Teufel. Aber du hast es nicht so mit Hoffnung und Liebe und so einem Scheiß."

In diesem Augenblick hörte ich Shays Stimme, die durch die Vordertür kam. „Da bist du ja! Komm schon", rief sie und gab mir ein Zeichen, ihr zu folgen.

Als ich vom Stuhl aufstand, bemerkte ich kaum, dass Griffin wieder in den Flur gegangen war. „Wohin fahren wir?", fragte ich, weil ich das wirklich nicht wusste.

„Zum Flughafen", erwiderte Shay, als ob ich das hätte wissen müssen.

Da tauchte Griffin wieder auf und reichte mir meine Handtasche und meine Jacke. „Geh schon."

„Ich fahre zum Flughafen?"

Shay nickte entschlossen. „Ganz genau. Holly hat dir das Ticket besorgt. Sie ist überzeugt, dass Alex dich sehen möchte, sobald er aufwacht."

Kapitel Dreiunddreißig

DELILAH

Eines musste ich Shay lassen: Sie meisterte die schmale Bergstraße, die aus dem Stolen Hearts Valley auf den Highway führte, mit Bravour und hielt das Fahrzeug trotz des hohen Tempos in der Spur. Ich hatte nicht viel darüber nachgedacht und war einfach zu ihr in den Truck gestiegen. In der letzten Stunde hatte ich festgestellt, dass Shay ziemlich bestimmend sein konnte. Sie hatte darauf bestanden, dass wir bei mir zu Hause vorbeifuhren, um ein paar Sachen zu holen. Sie hatte mir auch klargemacht, dass es unsinnig wäre, mit meinem Wagen zu fahren, wenn ich nicht für das Parken am Flughafen bezahlen wollte. Das wollte ich nicht, also nahm ich ihren Vorschlag an.

Ich hatte nicht mehr als einen einzigen Rucksack mit Kleidung und Toilettenartikeln, die ich hastig hineingestopft hatte.

„Wie um alles in der Welt ist es dazu gekommen, dass du dich mit Holly unterhalten hast?", fragte ich schließlich.

„Remy hat mich angerufen. Er hat mir ihre Nummer gegeben. Ich habe sie schon kennengelernt, als wir bei Remy und Rachel zu Besuch waren. Holly hat dir ein Ticket besorgt und mir gesagt, dass es bereits am Schalter auf dich wartet. Sie hat mir die Bestätigungsmail geschickt. Die leite ich dann an dich weiter, sobald wir angekommen sind", erklärt sie.

Shay musste gemerkt haben, dass ich sie mit großen Augen ansah. Sie wandte den Blick zur Seite, während sie den Blinker setzte, um abzubremsen und die Ausfahrt auf den Highway zu nehmen. „Was?", fragte sie beiläufig.

Als ob wir uns nicht gerade darüber unterhalten hätten, dass die Schwester des Typen, den ich abservieren wollte, mir gerade ein Flugticket nach Alaska gekauft hatte. Und ich war so aufgeregt, dass ich nicht mal gezögert hatte, in den Truck zu springen und einfach loszufahren.

„Was meinst du mit was?", gab ich zurück.

Shay drehte sich wieder in Richtung Highway und ich sah den Anflug eines Lächelns auf ihrer Wange. „Holly scheint zu denken, dass du und Alex einander eine Menge bedeutet. So wie ich Holly kenne, mag sie dich und ist überzeugt davon, dass Alex dich gerne in seiner Nähe hätte."

„Was meinst du damit?", fragte ich schnell.

„Ich meine, dass Holly eine durchgeknallte, überfürsorgliche Schwester ist. Sie hätte auf keinen Fall dieses Ticket besorgt, wenn sie nicht denken würde, dass Alex dich sehen möchte und wenn sie dich nicht mögen würde."

Shay hatte mir schon beim Verlassen der Bar versichert, dass es Alex gut ging, aber ich ertappte mich dabei, dass ich noch einmal nachfragte: „Bist du dir auch wirklich sicher, dass er wieder in Ordnung kommt?"

Seit sie in der Bar aufgetaucht war, um mich zu entführen, fühlte ich mich halb krank und zitterte wie Espenlaub.

„Hier." Sie kramte ihr Handy aus dem Becherhalter in der Konsole. „Da ist keine PIN nötig. Hollys Nummer ist mein letzter Eintrag. Warum rufst du sie nicht einfach an?"

Als ich das Handy in der Hand hielt, widerstand ich dem Drang, es einfach fortzuwerfen, als ob es in Flammen stünde. Ich wollte Holly ja anrufen, aber ich hatte Angst, Angst vor so vielem.

„Wovor hast du Angst?" Shay gab meiner eigenen inneren Frage eine Stimme.

Ich legte das Handy beiseite, beugte mich vor und stützte mein Gesicht in die Hände. Dann atmete ich tief ein und aus und spürte, wie die Luft durch meine Finger strömte. Schließlich hob ich den Kopf. „Ich habe keine Ahnung. Ich habe schon seit ein paar Wochen nicht mehr mit Alex gesprochen. Ich habe mit ihm Schluss gemacht, weil ich gedacht habe ...“ Ich hielt abrupt inne und schüttelte den Kopf. „Ich weiß auch nicht, was ich gedacht habe.“

Shay blickte nach vorne, als sie antwortete: „Weißt du, Delilah, du warst schon immer unglaublich unabhängig. Darum habe ich dich immer beneidet.“

„Tatsächlich?“ Ich war wirklich überrascht, denn es fiel mir schwer, mir vorzustellen, dass es irgendetwas an mir gab, um das man mich beneiden könnte.

„Wirklich. Du vergisst, dass ich eine beschissene Beziehung hinter mir hatte, bevor ich endlich da rausgekommen bin. Ich habe immer gedacht, wenn ich mehr wie du oder vielleicht wie Jade gewesen wäre – ihr zwei erinnert mich aneinander –, wäre ich nie dort gelandet.“

Shay sprach von einer gewalttätigen Beziehung, in der sie während und nach dem College ein paar Jahre lang gefangen war. Wir alle wussten davon, denn es war überall in den Nachrichten, als ihr Ex wegen Körperverletzung und später wegen Trunkenheit am Steuer verhaftet wurde. Bei dem Unfall waren zwei Mitfahrer ums Leben gekommen.

„Du bist verdammt stark, wenn du mich fragst. Stärker als ich. Du hast das durchgestanden und sieh nur, wie gut es dir jetzt geht“, erwiderte ich.

Sie warf mir einen kurzen Blick zu, bevor sie ihre Augen sofort wieder auf die Straße richtete. „Heute ist alles prima, aber es war nicht leicht, dorthin zu kommen. Jedes Leben ist anders, vor allem die Kleinigkeiten. Aber ich sage dir eins: Alex scheint ein toller Typ zu sein. Leute, die ich kenne und denen ich vertraue, bürgen für ihn. Ich habe euch beide zusammen gesehen. Und es ist ganz offensichtlich, dass du ihn magst. Es gibt keine Belohnung ohne Risiko. Ich weiß, das ist ein Klischee, aber manchmal entstehen Klischees, weil sie einfach wahr sind."

———

Am Flughafen wartete ich darauf, dass mein Flug aufgerufen wurde. Ich konnte nicht aufhören, mir Sorgen um Alex zu machen und zwanghaft mein Handy zu checken. Ich wusste nicht mal, ob er meine SMS schon bekommen hatte.

Ich lachte in mich hinein. Da hatte ich Shay gerade noch gesagt, dass ich nicht wusste, was ich fühlte. Und schickte ihm dann in meiner Panik eine Nachricht.

Ich vermisse dich. Es tut mir leid, dass ich dich nicht zurückgerufen habe.

Bin auf dem Weg nach Alaska. Bin bald da.

Hoffe, es geht dir gut.

Ich zückte mein Handy und betrachtete Hollys Telefonnummer. Unter Shays strengem Blick hatte ich sie eingegeben, als sie mich am Flughafen abgesetzt hatte. Sie hatte betont, dass Holly mir sagen müsste, wie ich zum Krankenhaus komme und mich wahrscheinlich auch abholen würde.

Als ich merkte, dass ich nur noch eine Viertelstunde bis zum Boarding hatte, holte ich tief Luft und wählte Hollys Nummer. Es klingelte nur einmal.

„Delilah! Bitte sag mir, dass du am Flughafen bist", rief Holly.

„Ich bin am Flughafen. Geht es Alex gut?"

„Ich habe Shay ja schon gebeten, dir zu sagen, dass es ihm gut geht. Gut, vielleicht ist er nicht hundertprozentig fit, aber er wird wieder gesund. Einer meiner besten Freunde war die ganze Nacht sein Pfleger und hat mir versichert, dass seine Werte gut sind."

„Was ist denn passiert?"

„Wir sind uns nicht ganz sicher. Alex war auf dem Flugplatz, um Wartungsarbeiten an einem Flugzeug durchzuführen. Als ein anderes Flugzeug zur Landung ansetzte, hat es eine Explosion in einem der Triebwerke gegeben. Alex war gerade dabei, den Piloten herauszuziehen, der wahrscheinlich bei der Landung ohnmächtig geworden war, als es zu einer weiteren Explosion kam. Man geht davon aus, dass es der Benzintank war. Wir wissen noch nicht, warum er in die Luft geflogen ist. Das werden wir erst wissen, nachdem eine offizielle Untersuchung durchgeführt wurde und die Ergebnisse veröffentlicht wurden."

„Und was ist mit Alex passiert?"

„Er hat Freds Leben gerettet. Fred ist Pilot und schon ewig dabei. Er war bereits bewusstlos und dann wurde auch Alex bei der zweiten Explosion ausgeknockt. Die Passagiere waren bereits aus dem Flugzeug gestiegen und hatten ihn und Fred in Sicherheit gebracht."

„Wo ist er verletzt?" Mein Magen drehte und drehte sich und drehte sich.

„Er hat eine leichte Gehirnerschütterung und ein leichtes Klingeln im Ohr. Dazu ist er am Rücken aufgeschürft, weil er auf den Asphalt gefallen ist. Das wird zwar eine Weile wehtun, aber er wird wieder gesund. Sie haben ihn über Nacht zur Beobachtung hierbehalten, weil er bei seiner Ankunft nicht bei Bewusstsein war. Außerdem hatte er anfangs Schwierigkeiten beim Atmen."

Sie hielt inne und fragte dann: „Delilah? Bist du noch da?"

Ich merkte erst, dass mir eine Träne über die Wange kullerte, als sie meinen Mundwinkel berührte. Ich wischte sie weg und schniefte, während ich antwortete: „Ja, ich bin da."

„Ich bin froh, dass du am Flughafen bist. Ich habe ja versucht, dir einen besseren Flug zu besorgen, aber so kurzfristig hat es nicht viele Möglichkeiten gegeben. Wegen der Zwischenlandungen in Houston und Seattle kommst du nicht vor morgen Abend hier an. Ich habe dir einen Hotelgutschein für Houston besorgt. Bei dem siebenstündigen Aufenthalt könnte er dir durchaus nützlich sein. Es gibt ein Hotel direkt am Flughafen."

„Sehr gut. Das kommt mir alles so unwirklich vor. Du hättest das nicht tun müssen", antwortete ich schnell. „Es scheint nicht viele direkte Möglichkeiten von hier nach Alaska zu geben."

„Ich würde sagen, nein, und von der Ostküste aus ist es schneller, nach Europa zu fliegen als nach Alaska", bemerkte Holly verschmitzt.

„Ich weiß. Ich bin nur froh, dass ich bald dort bin."

„Vielleicht bin ich zu weit gegangen, aber ich ..."

Da unterbrach ich sie. „Das bist du nicht. Ich möchte ihn ja unbedingt sehen. Ich bin mir nur nicht so sicher, ob auch er mich sehen möchte."

„Oh, das tut er", versicherte Holly. „Ich weiß, dass du mit ihm Schluss gemacht hast."

Ich war froh, dass Holly mein Gesicht nicht sehen konnte, denn das alles war mir so unangenehm. „Holly ...", begann ich.

Jetzt unterbrach sie mich. „Schon kapiert. Ich weiß bloß, dass du ihm eine Menge bedeutest, also habe ich beschlossen, das Schicksal eingreifen zu lassen."

„Bist du etwa das Schicksal?", fragte ich zwischen zwei Schluchzern.

Holly lachte. „Vielleicht, vielleicht auch nicht. Ich habe gedacht, ich verpasse euch einen kleinen Schubs. Der Rest hängt von dir und Alex ab."

Kapitel Vierunddreißig

ALEX

Am nächsten Tag – Alaska

„Holly", knurrte ich praktisch und machte mir nicht mal die Mühe, die Verärgerung aus meiner Stimme herauszuhalten.

„Was?" Ihre Stimme klang so unschuldig und süß. Doch ich ließ mich nicht täuschen. Meine Zwillingsschwester war alles andere als unschuldig und süß. Sie hatte irgendwas vor, aber wenn ich bloß wüsste, was. Ich war viel zu kaputt, um es herauszufinden.

„Ich bin zu Hause und möchte einfach nur allein sein. Bitte."

„Lass mich doch bloß vorbeikommen und nach dir sehen", beharrte sie.

Da hörte ich Nate im Hintergrund etwas sagen. Ich hätte schwören können, dass er gefragt hat: „Warum sagst du es ihm nicht?"

„Wovon zum Teufel redet Nate da?"

Doch Holly hatte schon aufgelegt.

„Was zum Teufel?", murmelte ich vor mich hin.

Man hatte mich gestern am späten Nachmittag aus dem Krankenhaus entlassen. Nachdem noch eine Reihe von Untersuchungen durchgeführt worden waren, konnte ich nach Hause gehen. Man erwartete, dass ich ein paar Tage lang etwas kurzatmig sein würde, aber Charlie hatte mir mitgeteilt, ich könnte gehen. Ich sollte Ende der Woche zu ihr in die Praxis kommen. Da meine Mutter seit gestern so ein Theater um mich machte und jetzt auch noch Holly dazugekommen war, war ich kurz davor zu schreien. Ich wollte mich doch einfach nur entspannen, was gar nicht so leicht war. Mein Rücken schmerzte von den Schrammen vom Asphalt.

Ich warf mein Handy auf den Couchtisch und griff nach der Fernbedienung. Nach ein paar Minuten begnügte ich mich mit den Nachrichten, weil ich keine andere Sendung finden konnte, die ich sehen wollte. Dann warf ich wieder einen Blick auf mein Handy und öffnete die SMS von Delilah. Ich hatte ihr bereits eine Antwort geschickt, als ich mein Handy zurückbekommen hatte, aber das war erst heute gewesen. Ich hatte es am Flugplatz liegen lassen und niemand hatte gewusst, wo es war. Nate hatte mich hingefahren und ich hatte es in meiner Werkzeugtasche gefunden, in der ich es verstaut hatte, bevor ich zu arbeiten begonnen hatte.

Bis jetzt hatte Delilah nur mit Stillschweigen auf meine SMS geantwortet. Ich hatte keine Ahnung, was sie damit gemeint hatte, nach Alaska zu kommen. Sie würde wohl eine Reise planen und mir dann noch Bescheid geben.

Ich erhob mich und machte mich ohne Rücksicht auf meine Rückenschmerzen auf den Weg in die Küche. Dort öffnete ich den Kühlschrank und erinnerte mich daran, dass ich diese Woche noch keine Lebensmittel eingekauft hatte. Also holte ich eine Flasche Bier und die letzten beiden Pizzastücke heraus, die ich vor drei Tagen gekauft hatte.

Ich saß gerade auf der Couch und aß ein Stück Pizza, als es an der Tür klopfte. „Herein!", rief ich, in der Annahme, es wären Holly und vielleicht Nate.

Die Tür öffnete sich langsam, fast zögernd, was mein erster

Hinweis darauf war, dass es nicht Holly war. Die wäre wohl eher mit Schwung hier reingerauscht.

„Alex?"

Ich stand hastig auf, und mein Atem zischte durch die Zähne, als sich die Haut auf meinem Rücken zusammenzog.

„Delilah?"

Ich lief gerade durch den Raum, als sie durch die Tür spähte. Mein Herz schlug wie wild in meiner Brust und mir blieb für einen Augenblick die Luft weg.

Sie trat ein und schloss die Tür hinter sich. „Holly kommt nicht vorbei, aber sie hat mich abgesetzt." Delilahs Augen suchten mein Gesicht ab.

Ich näherte mich ihr mit ein paar Schritten und zog sie fast stürmisch in meine Arme. Delilah zögerte keine Sekunde, trat dicht an mich heran und schlang ihre Arme vorsichtig um meine Taille, während sie ihren Kopf in meine Halsbeuge legte.

„Ich bin so froh, dass es dir gut geht." Ihre Stimme klang gedämpft gegen mein Shirt.

Ich hatte einen Arm um ihren Rücken geschlungen und der andere stützte ihren Hinterkopf. Dabei versuchte ich, wieder zu Atem zu kommen, aber das gelang mir nicht.

Da trat Delilah einen Schritt zurück. „Geht es dir auch gut?" Sie sah zu mir hoch, ihre Augen waren tränenfeucht. „Holly hat gemeint, du könntest ein paar Tage lang Atemschwierigkeiten haben."

Mein Herz raste, doch ich schloss die Augen und zwang mich zu einem langsamen, ruhigen Atemzug.

Delilah legte ihre Hand auf meine Brust über meinem Herzen und strich in sanften Kreisen darüber. Sobald ich die Augen wieder öffnete, war ihr Blick besorgt auf mein Gesicht gerichtet. „Du musst dich jetzt hinsetzen."

Ich hätte schon widersprochen, aber dann wurde mir klar, dass es mir überhaupt nichts ausmachte, wenn Delilah sich ein wenig um mich kümmerte. Nicht mal im Ansatz. Die Erleichterung, sie hier zu haben, war so groß, dass ich es nicht in Worte fassen konnte. Mein ganzer Körper brummte vor Gefühlen.

Ihre Hände flogen über mich, während sie mich zur Couch schob. „Wie geht es deinem Rücken? Brauchst du ein Kissen? Ich weiß nicht, wie ich dich am besten stützen kann, ohne dass dein Rücken wehtut." Mit gerunzelter Stirn sah sie auf mich herab.

„Schon gut", versicherte ich ihr. „Es tut weh, aber es ist nichts weiter als eine Schramme."

Sie bestand darauf, Kissen um mich herum zu platzieren und betrachtete dann den Couchtisch, auf dem meine halb leere Bierflasche mit dem Pizzakarton und einigen Servietten lag. „Soll ich hier vielleicht mal sauber machen?"

Sie gab mir nicht mal die Gelegenheit zu antworten, sondern nahm mir den Pizzakarton weg und fragte, ob ich noch ein Bier bräuchte. Als ich glucksend darauf hinwies, dass ich noch die Hälfte von dem ersten Bier hatte, schürzte sie die Lippen. „Warte mal kurz. Darfst du überhaupt Bier trinken?"

Meine Kleine war angespannt, ihre Finger zuckten und sie schlang die Arme um ihre Taille. Da streckte ich meine Hand aus und winkte sie zu mir heran. Nach einem Augenblick trat sie näher. Ihre Handfläche fühlte sich klamm an meiner an und verriet, wie angespannt sie war. „Komm doch mal her."

Schließlich willigte Delilah ein, setzte sich vorsichtig hin und strich mit der freien Hand über ihren Oberschenkel. „Es tut mir leid", platzte sie heraus. „Ich habe einfach die Nerven verloren. Ich liebe dich."

Oh, na dann wollen wir wohl gleich mit der Tür ins Haus fallen. Freude schoss durch meine Brust.

„Wie ich mich freue", erwiderte ich, als ich ihr in die tränennassen Augen sah. „Denn ich liebe dich auch. Wir kriegen das schon hin. Ist doch egal, wo wir wohnen."

Delilah biss sich auf die Lippe, ihre besorgten Augen suchten mein Gesicht ab. „Das hättest du nicht sagen müssen, nur weil ich es gesagt habe", sagt sie schließlich.

„Ich habe das nicht bloß gesagt, weil du es gesagt hast. Ich habe es gesagt, weil ich es so meine.“

Ich strich ihr die Haare aus dem Gesicht und ließ meinen Daumen über ihre Wange gleiten, bis meine Handfläche ihre Wange umschloss. Dann zog ich sanft an ihrer Hand und versuchte, sie auf meinen Schoß zu ziehen.

Delilah kniff die Augen zusammen. „Du bist verletzt.“

„Nicht so schlimm“, murmelte ich, als es mir schließlich gelang.

Sie landete seitwärts und stieß einen erschrockenen Atemzug aus. „Alex!“

„Genau hier, Süße.“ Ich fasste ihr in den Nacken und zog sie noch näher an mich heran.

Sie schmiegte sich an mich, während ich meine Lippen auf ihre drückte. Dabei murmelte sie etwas, aber die Worte gingen in unserem Kuss unter. Ich spielte kurz mit ihrer Zunge, bevor ich mich zurücklehnte.

„Was hast du da gerade gesagt?“

„Du bist verletzt“, wiederholte sie.

„Nicht so schlimm. Man hätte mich nicht aus dem Krankenhaus entlassen, wenn ich nicht in Ordnung wäre. Sonst hätte Holly dort persönlich wen umgebracht“, erklärte ich lachend.

Delilahs Blick wurde sanfter und ihre Lippen verzogen sich zu einem langsamen Lächeln. „Da bin ich mir sicher.“

Während wir einander ansahen, hatte ich das Gefühl, dass die Luft um uns herum zu vibrieren begann, mit dieser unterschwelligen Spannung, die immer vorhanden war, wenn ich in Delilahs Nähe war. Mein Schwanz schwoll an, und Delilahs Augen weiteten sich.

„Ich möchte jetzt nicht reden.“ Meine Worte kamen heiser heraus.

Delilah öffnete ihren Mund, wahrscheinlich um zu widersprechen, aber ich ließ ihr keine Gelegenheit dazu. Stattdessen zog ich sie wieder näher zu mir und verschlang ihren Mund mit einem Kuss.

All die Schmerzen in meinem Körper waren mir egal. Obwohl sie ein- oder zweimal versuchte, mich aufzuhalten, gab sie sich geschlagen, als ich ihr sagte, dass ich sie einfach brauche.

Ich kann mich nicht mehr daran erinnern, wie wir uns ausgezogen haben. Ich weiß nur noch, dass Delilah sich auf der Couch rittlings auf mich setzte und langsam nach unten sank, während sie mich in ihrem glitschigen, engen Kanal aufnahm. Ich spürte, wie sie sich bewegte und ihr ganzer Körper leicht erschauderte, kurz bevor sie meinen Namen herausschrie, als sie auf meinem Schwanz kam.

Meine Erlösung traf mich mit einem scharfen, knisternden Ausbruch von Lust. Delilah ließ sich gegen mich sinken und drückte ihren Kopf an meine Schulter. Dann hielt ich sie fest, denn das war alles, was ich mir wünschte. Delilah in meinen Armen. Genau da, wo sie sein sollte.

Kapitel Fünfunddreißig

DELILAH

„Wie geht es dir?", fragte Janet. Sie hatte eine Hand auf die Hüfte gestützt und in der anderen Hand hielt sie eine Kaffeekanne.

Alex zuckte leicht zusammen, während er sich in seinem Stuhl zurücklehnte. Mein Herz setzte einen Schlag aus. Ich hatte die Schrammen auf seinem Rücken gestern Abend und heute Morgen schon gesehen. Sicher, es waren eigentlich Schürfwunden, aber sie sahen schrecklich aus. Holly erzählte mir, dass sein Shirt völlig zerrissen war, wahrscheinlich durch den Aufprall, als er auf den Asphalt geschleudert worden war. Ein Baumwollshirt bot nicht gerade viel Schutz.

Alex grinste. „Mir geht es gut. Wie geht es dir?"

Janet verdrehte die Augen und blickte mich an. „Geht es ihm wirklich gut?"

Ich sah von Janet zu Alex und wieder zurück und stieß einen Seufzer aus. „Ich schätze, das hängt von deiner Definition von gut ab."

Wieder grinste Alex. „Mir geht es gut", widersprach er. „Ich brauche bloß eines deiner Omeletts, damit mein Tag so richtig anfängt."

Janet lächelte und ließ ihre Hand von ihrer Hüfte gleiten, um ihn sanft an der Schulter zu drücken. „Kommt sofort. Was für eins?“

„Was auch immer du mir anbieten kannst. Hauptsache, es ist Speck dabei.“

„Auf jeden Fall. Vielen Dank, dass du Fred aus dem Flugzeug geholt hast. Du weißt, wie sehr ich ihn mag. Wir alle.“

Alex zuckte lässig mit den Schultern. „Ich habe doch einfach nur getan, was er auch für mich getan hätte, und ich bin froh, dass es ihm gut geht. Wir fahren nach dem Frühstück ins Krankenhaus, um nach ihm zu sehen.“

„Holly hat mir gesagt, dass es so aussieht, als hätte er auf einem Ohr sein Gehör verloren. Was ist mit dir?“, fragte Janet.

„Ich schätze, mein Gehör kommt wieder in Ordnung. Das Klingeln ist heute Morgen fast verschwunden. Der Spezialist hat gesagt, dass es noch ein paar Tage dauern kann, aber dass alles noch intakt ist.“

„Und deine Lunge?“, fragte Janet.

„Ich atme.“

Janet verdrehte die Augen, als jemand vom Tresen aus ihren Namen rief. Dann sah sie mich an. „Was darf’s für dich zum Frühstück sein?“

„Ich nehme einen Bagel mit deinem geräucherten Lachs und Frischkäse.“

„Kommt sofort.“ Janet eilte davon.

Ich sah Alex über den Tisch hinweg an und bat ihn: „Versprich mir, dass du mir ehrlich sagst, wie du dich beim Atmen fühlst.“

Alex kniff die Augen zusammen. „Versprochen. Wie lange bist du hier?“, fragte er dann.

„Holly hat mir ein unbegrenzt gültiges Hin- und Rückflugticket besorgt, das war wirklich süß von ihr. Ich habe ihr versprochen, dass ich mich dafür bei ihr erkenntlich zeige. Ich kann mir also das Datum meiner Rückkehr selbst aussuchen. Zum Glück habe ich meinen Laptop eingepackt, sodass ich von hier aus an den Vorlesungen teilnehmen kann. Ich muss auf der

Arbeit anrufen, um zu klären, wie lange sie ohne mich auskommen können. Ich würde gerne mindestens zwei Wochen bleiben."

Alex' schokobraune Augen musterten mich. „Du kannst so lange bleiben, wie du möchtest. Ich weiß, dass du nach Hause musst, aber vielleicht können wir uns irgendwann, während du hier bist, über unsere Möglichkeiten unterhalten."

„Das würde ich gerne", antwortete ich. Ich fühlte mich immer noch ein wenig verunsichert und wusste nicht so recht, wie ich diese gute Wendung in meinem Leben annehmen sollte. Allen Widrigkeiten zum Trotz glaubte ich, dass Alex und ich eine Lösung finden würden.

Überraschenderweise hatte ich tatsächlich diese Zuversicht. Obwohl ich mich immer wieder daran erinnern musste, blieb ich diese zwei Wochen und liebte jede Minute davon. Ich begleitete Alex sogar zu seinem zweiten Nachsorgetermin bei Charlie, ein paar Tage bevor ich ins Stolen Hearts Valley zurückkehren sollte.

Ich sah mich in der kleinen Praxis um und setzte mich dann auf einen Stuhl neben ihn. Der Raum war wie die meisten Arztpraxen in neutralen Farben gehalten, mit beruhigenden Aquarellen an den Wänden und zahlreichen Postern mit Gesundheitstipps.

„Ich glaube, du wirst Charlie mögen", stellte Alex neben mir fest.

„Ich möchte doch nur wissen, ob deine Lunge wieder hundertprozentig in Ordnung ist."

„Mein Gehör auf jeden Fall." Alex grinste. „Du warst heute Morgen ja nicht zu überhören."

Meine Wangen wurden heiß. Vielleicht war ich heute Morgen etwas zu laut gewesen. „Das ist alles deine Schuld", murmelte ich und stieß ihn mit meinem Ellbogen an. „Benimm dich. Wir sind in der Arztpraxis."

Alex warf mir einen ungläubigen Blick zu, bevor er den Kopf schüttelte. „Wir sind völlig allein in diesem Raum. Charlie ist noch gar nicht da."

„Ja, aber sie …“, begann ich, als die Tür aufging und eine Frau hereinkam.

Charlie war wunderschön. Sie hatte dunkles Haar, das zu einem Pferdeschwanz gebunden war mit rosa und lila Strähnen darin. Sie trug gewöhnliche Arztkleidung mit einem weißen Mantel über der Hose. Ihr warmer Blick aus ihren grauen Augen schweifte von Alex zu mir und ein Lächeln umspielte ihre Mundwinkel. „Hallo“, begrüßte sie uns mit einem beherzten Nicken.

Offensichtlich war dies keine Stadt, in der man es mit der Anrede „Doktor“ so genau nahm.

„Freut mich, Sie kennenzulernen“, sagte ich, stand auf und streckte meine Hand aus. „Ich bin Delilah.“

„Charlie Franklin“, antwortete sie mit einem festen Händedruck. „Schön, Sie kennenzulernen. Ich habe schon viel Gutes über Sie gehört.“

„Sie haben von mir gehört?“, quiekte ich, als ich mich schnell hinsetzte und meine Hände in meinem Schoß faltete.

„Oh, ja. Rachel ist meine Arzthelferin. Sie hat mir empfohlen, dass ich Sie nächstes Jahr als Pflegepraktikantin einstelle.“

Charlies Ton war lässig und entspannt, aber ihre Bemerkung ließ mich plötzlich verkrampfen. Ich wollte zu gern herausfinden, was Alex und ich tun mussten, um dauerhaft zusammen zu sein, aber jedes Mal, wenn ich kurz vor einer Entscheidung stand, fühlte ich mich, als würde ich von einer Klippe springen. Meine Gewohnheiten, niemanden zu brauchen und für mich selbst zu sorgen, waren so tief verwurzelt, dass es mir schwerfiel, mich zu überwinden.

Charlie warf mir einen Blick zu, während sie einen Hocker mit einem Laptop an der Seite hin und her schob. Ich lächelte nur: „Oh, Sie sind die Ärztin, bei der Rachel arbeitet.“

Charlie nickte, während sie ein paar Tasten auf der Tastatur drückte. „Nehmen Sie sich so viel Zeit, wie Sie brauchen. Wir stellen jedes Jahr einen Praktikanten ein. Das ist also durchaus eine Möglichkeit, wenn es Sie interessiert. Aber das ist nicht der Grund, warum ihr heute hier seid.“ Ihr Blick wanderte zu Alex.

Er sah plötzlich ein wenig unbehaglich aus und ließ die Schultern hängen. Ich hatte festgestellt, dass er ein ziemlich gewöhnlicher Mann war, wenn es um seine Gesundheit ging. Normalerweise verabscheute ich Klischees, aber manchmal passten sie doch. Alex hasste es, sich schwach zu fühlen, und er hasste es, zum Arzt zu gehen. Auch wenn er beteuerte, dass er seine Ärztin mochte.

„Was machen die Schürfwunden?", fragte Charlie.

Alex stand auf und machte Anstalten, sein Shirt auszuziehen. Doch Charlie hielt eine Hand hoch. „Ich muss sie eigentlich nicht sehen. Letzte Woche hat es so ausgesehen, als wären sie auf dem Weg der Besserung. Es sei denn, du möchtest, dass ich sie untersuche?"

Da ließ Alex die Arme sinken und zuckte mit den Schultern. „Ich glaube nicht. Sie jucken höllisch, also ist das ein gutes Zeichen. Oder?"

„Auf jeden Fall. Es bedeutet, dass sie heilen. Setz dich bitte mal hierher", bat sie und tippte auf den Untersuchungstisch. „Ich möchte deine Lunge abhören."

Das Papier zerknitterte, während Alex seine Hüften auf den Tisch schob. Als ich aufblickte und die leichte Unsicherheit und Verletzlichkeit in seinen Augen flackern sah, setzte mein Herz einen Schlag aus.

Charlie tippte kurz auf der Tastatur herum und stellte sich dann neben den Tisch. Sie hielt ihm ein Stethoskop an den Rücken und wies ihn an, mehrere Male tief einzuatmen, während sie beide Seiten untersuchte. Nachdem sie das Stethoskop aus ihren Ohren gezogen hatte, lächelte sie. „Deine Lunge hört sich gut an, also ist alles in Ordnung. Ich muss dich nicht nochmal sehen. Ich nehme an, du hast dich bereits beim Ohrenarzt gemeldet?"

„Oh, ja. Das hier ist immer noch ein bisschen dumpf", erklärte er und zupfte an seinem linken Ohrläppchen, „aber sie hat gesagt, das sollte sich legen, weil ich Geräusche in jeder

Lautstärke hören kann. Explosionen sind laut, falls du das noch nicht mitbekommen haben solltest.“

Charlie drehte sich lachend zu ihrem Computer um und tippte ein paar Dinge ein. „Bevor du gehst, solltest du noch einen Termin für deine nächste Untersuchung vereinbaren. Ich sehe da noch keinen im Terminkalender.“

Alex sah ein wenig verlegen aus, also sagte ich: „Ich sorge schon dafür.“

„Fall du mir noch in den Rücken“, erwiderte er, als Charlie mir ein wissendes Grinsen zuwarf.

„Das tue ich doch gar nicht. Aber du musst zu deinem jährlichen Check-up.“

Beim Gehen rief Charlie mir noch nach: „Denken Sie über das Praktikum nach, Delilah“.

Ich drehte mich auf dem Flur um und nickte. „Das werde ich. Wirklich.“

Kapitel Sechsunddreißig

ALEX

Herbst

„Was habt ihr beschlossen, du und Delilah?", fragte meine Schwester, presste die Lippen aufeinander und musterte mich. So versuchte Holly, bestimmend zu wirken.

„Wir werden uns erst nach dem Tod von Delilahs Vater entscheiden."

Ich verschwieg, dass dieser ungewisse Zeitrahmen für mich nicht einfach war. Ich war ungeduldig und fühlte mich ein wenig schuldig deswegen. Natürlich verstand ich, dass Delilah warten wollte, da der Krebs ihres Vaters unheilbar war, aber ich vermisste sie. Wir hatten uns daran gewöhnt, uns etwa alle zwei Monate zu sehen, mit jeder Menge Videoanrufe dazwischen und natürlich täglichen SMS.

Das änderte aber nichts daran, dass ich sie so sehr vermisste, dass mir manchmal das Herz wehtat.

„Wie geht es ihm?", fragte Holly, ihr rechthaberischer Tonfall verblasste.

Ich hob meine Hände und ließ sie wieder sinken. „Wir sind uns nicht sicher. Er hat die Diagnose letzten Winter erhalten, bevor sie nach Diamond Creek gekommen ist. Damals haben sie ihm nur vier bis sechs Monate gegeben. Aber die hat er nun offensichtlich überschritten."

„Was für eine Art von Krebs ist es denn? Du hast es mir zwar gesagt, aber ich kann mich nicht erinnern."

„Dickdarmkrebs."

Hollys Lippen verzogen sich zur Seite. „Das ist echt scheiße. Ich wette, es ist schwer für sie, einfach nur abzuwarten, und wahrscheinlich möchte sie auch, dass er länger lebt. Das ist eine furchtbare Situation für Familien."

Da ich wusste, wie verschlossen Delilah war, hatte ich sonst niemandem Einzelheiten über ihre nicht ganz so tolle Kindheit erzählt. Ich war der Meinung, dass sie diese Geschichte selbst erzählen sollte, sobald sie dazu bereit war. Sie und ihre Mutter schienen sich versöhnt zu haben, und das fand ich gut. Sie hatte mir auch versichert, dass sie und ihr Vater ein paar Gespräche geführt hatten, die ihr geholfen hatten. Anscheinend schlief er jetzt fast die ganze Zeit.

„Habt ihr beide euch denn schon darüber unterhalten, wie der Plan aussehen könnte?", fragte Holly, und ihre Worte waren so vorsichtig, dass ich fast gelacht hätte.

Wir saßen beim Kaffee im Firehouse Café. Ich warf einen Blick zu Nate hinüber. Seine Lippen verzogen sich zu einem Lächeln, und ich wusste, dass er ihre Vorsicht bemerkt hatte. Er kannte Holly genauso gut wie ich, wahrscheinlich sogar noch besser.

„Ich schätze, sie zieht hierher, aber ich möchte sie nicht zu einer endgültigen Entscheidung drängen, nicht jetzt. Es fühlt sich einfach nicht richtig an."

„Halt lieber den Ball flach", mischte sich Nate ein. „Fernbeziehungen sind schon schwer genug. Wenn dann auch noch ein Elternteil krank ist und im Sterben liegt und sechstausend Kilometer zwischen euch liegen, solltest du den Druck nicht noch verstärken."

„Genau meine Meinung", antwortete ich, bevor ich meinen Kaffee leerte.

In den nächsten Wochen stellte ich fest, dass ich mit Delilah immer seltener Kontakt hatte. Und das machte mir Sorgen. Sie war auch so schon beschäftigt genug.

Eines Tages erhielt ich zu später Stunde eine SMS von Shay. „Ruf mich doch mal an."

Das war seltsam. Shay war zwar maßgeblich daran beteiligt gewesen, Delilah nach meinem Unfall herzubringen, aber wir chatteten oder schrieben uns nicht oft.

Ich rief sie sofort an. „Was ist denn los?", fragte ich in dem Augenblick, als sie abnahm.

„Hey, du hast meine Nummer in deinem Handy, Alex. Da fühle ich mich gleich ganz besonders", stichelte sie.

„Du hast mir doch die SMS geschickt", antwortete ich.

„Allerdings." Shay machte eine Pause, um sich zu räuspern. „Delilahs Vater ist heute verstorben. Ich habe sie zufällig an der Tankstelle gesehen, und sie hat nicht besonders gut ausgesehen. Ich weiß ja nicht, ob sie angerufen hat, um Bescheid zu sagen."

Ich fluchte leise.

Als ob Shay meine Gedanken lesen konnte, sagte sie leise: „Du weißt ja, wie verschlossen sie ist, Alex. Sie ist es nicht gewohnt, sich auf andere zu verlassen."

„Ich nehme den erstbesten Flug, den ich kriegen kann. Aber sag ihr nichts davon."

„Soll ich dich abholen?", fragte Shay schnell.

„Nein, aber danke. Ich miete mir einfach ein Auto am Flughafen."

Kapitel Siebenunddreißig

DELILAH

Ich fühlte mich einfach nur seltsam. Nur so konnte ich beschreiben, wie es mir nach dem Tod meines Vaters ging. Um jemanden zu trauern, der noch lebte und von dem man wusste, dass er letztendlich nicht überleben würde, war anstrengend.

Mein Gefühlszustand war irgendwie grau, und obendrein war ich müde und gereizt. Außerdem fühlte ich mich schuldig, weil ich Alex noch nicht angerufen hatte. Mein Vater war in der Nacht zuvor gestorben. Ich hatte die Nacht bei meiner Mutter verbracht, und es hatte sich einfach nicht richtig angefühlt, ihn anzurufen.

Jetzt war es Nachmittag, und ich war im Beerdigungsinstitut, um bei den Vorbereitungen zu helfen. Langsam musste ich ihn wirklich anrufen und ihm sagen, was passiert war.

„Wissen Sie, ob Ihre Mutter einen Sarg haben möchte? Oder haben Sie vor, ihn einäschern zu lassen?", fragte der freundliche Bestatter.

Dieser Mann hatte das absolut angemessene Auftreten für seinen Job. Er war ruhig und bestimmt. Dem Mann würde ich wohl alles sagen können, und er würde einfach nur nicken und mich freundlich anlächeln.

Das Problem war nur, dass ich nicht wusste, was meine

Mutter wollte. Obwohl meine Mutter und ich in letzter Zeit viel mehr geredet hatten als sonst, hatte sie mir nichts über die Pläne für die Beerdigung gesagt. Als ich sie vorhin danach fragte, sagte sie, sie wüsste es nicht. Offenbar gab es also gar keinen Plan.

„Können Sie mir denn verraten, was Sie einer Familie empfehlen, die noch gar keine Pläne hat?"

Mein netter Bestatter ließ sich nicht beirren. „Am wichtigsten ist die Entscheidung, ob Sie einen Sarg oder eine Einäscherung wünschen. Wenn Sie keine bestimmte Vorliebe haben, empfehle ich normalerweise die Einäscherung. Schon allein deshalb, weil sie erschwinglicher ist. Nachdem die Asche beigesetzt worden ist, können Sie das Grab genauso besuchen, wie wenn Sie sich für eine Sargbestattung entschieden hätten."

„Einverstanden, dann machen wir das."

Im nächsten Augenblick saß ich in seinem Büro, unterschrieb den Papierkram und schickte meiner Mutter eine SMS mit verschiedenen Fragen, auf die sie immer wieder antwortete: „Was immer du für richtig hältst."

Ich wusste, dass Trauer Menschen verändern konnte, aber das hier war echt nervig. Ich hatte Kopfschmerzen und wartete darauf, dass der Bestatter mit mehreren Urnen in sein Büro zurückkehrte, aus denen ich auswählen konnte. Da lenkte ein Geräusch von der Tür her meine Aufmerksamkeit auf sich. Dort stand Alex. Sein Blick schweifte über mich und er kam zögernd in meine Richtung.

Ich sprang von meinem Stuhl auf, warf mich in seine Arme und brach in dem Augenblick in Tränen aus, in dem er mich in seine starken Arme schloss. Ich hörte, wie seine Stimme etwas murmelte, während ich meine Wange an seine Brust drückte und mich an ihn klammerte. Seine Hand wanderte beruhigend über meinen Rücken. Ich schluckte und hob schließlich den Kopf und schniefte, beim Anblick seiner besorgten dunklen Augen.

„Ich bin ganz schön durcheinander. Ich wollte dich anrufen und ..." Ich hob eine Hand und fuchtelte mit ihr in der Luft herum.

„Du musst doch gar nichts erklären. Dein Dad ist gestorben. Shay hat mir gestern Abend noch eine SMS geschickt, also bin ich gleich ins nächste Flugzeug gestiegen. Wenn jemand stirbt, ist erstmal alles anders. Es ist wichtiger, dass du für deine Mom da bist, als dass du dir Gedanken darüber machst, mich anzurufen.“

Die Erleichterung, die mich durchströmte, war so groß, dass mir fast die Knie weich wurden. In diesem Augenblick tauchte der Bestatter mit einer großen Kiste in den Händen wieder auf. Unbeirrt, wie er sich bereits zuvor gezeigt hatte, blickte er zwischen uns hin und her. „Soll ich Sie beide einen Augenblick allein lassen?“

„Wenn es Ihnen nichts ausmacht“, antwortete ich.

Da senkte er den Kopf, wandte sich ab und schloss die Tür hinter sich. Mir kam in den Sinn, wie albern es war, dass ich meinen Freund ausgerechnet in einem Bestattungsinstitut wiedertraf, und ich begann zu kichern. Das Kichern verwandelte sich in Gelächter, und als ich wieder zu Atem kam, musste ich weinen. Alex trat zur Seite und holte eine Packung Taschentücher, die praktischerweise direkt an der Ecke des Schreibtischs stand. Hier musste es wohl überall Taschentücher geben.

„Geht es dir gut?“

Als ich spürte, wie das tiefe Grollen seiner Stimme in meinem Körper widerhallte, konnte ich endlich tief durchatmen. Die Enge und Kälte in meiner Brust, die ich seit gefühlten Wochen in mir getragen hatte, während mein Vater langsam von uns gegangen war, ließ nach.

„Aber ja. Du hättest doch nicht ...“

Alex’ Blick unterbrach mich. „Ich möchte doch hier sein. Also, wie kann ich helfen?“

Nachdem ich mich offenbar in eine Gießkanne verwandelt hatte, brach ich erneut in Tränen aus.

Kapitel Achtunddreißig

ALEX

„Bist du dir da auch ganz sicher?", fragte Delilah.

Ich warf einen Blick zu ihr hinüber. Wir waren in ihrer Wohnung und saßen auf ihrer Couch. Wir hatten noch ein paar Besorgungen gemacht und uns nach dem Treffen im Beerdigungsinstitut eine Pizza geholt. Delilahs Waden ruhten auf meinem Schoß, während sie sich in die Ecke der Couch lehnte. Sie sah müde aus, ihre Augen waren noch ganz rot vom Weinen, und zwischen ihren Augenbrauen schien eine ständige Furche zu sein, zumindest heute Nachmittag.

„Natürlich bin ich mir sicher. Ich bin doch nicht den ganzen Weg hierher geflogen, nur um dann wieder abzureisen. Ich bleibe so lange, wie du möchtest."

„So lange ich möchte? Na, wenn das so ist ...", begann sie mit einem Lächeln. Es war ein müdes Lächeln, aber trotzdem war ich froh, dass sie scherzen konnte.

Ich drückte sanft einen ihrer Füße. Er fühlte sich durch die Baumwolle ihrer Socken warm an. Mit einem Seufzer lehnte sie ihren Kopf zurück. „Das fühlt sich gut an."

Ich begann, abwechselnd ihre Füße zu massieren. Als wir heute Abend bei ihr zu Hause angekommen waren, hatte sie den

Fernseher eingeschaltet und eine Gartensendung aufgedreht. Das schien ihre bevorzugte Geräuschkulisse zu sein.

Sie schwieg ein paar Minuten, dann sah sie zu mir und fing meinen Blick sofort ein. „Ich habe nachgedacht." Nach diesem aufgeladenen Einstieg hielt sie inne.

„Worüber?", fragte ich sie.

„Über uns."

Ein Gefühl der Beklemmung überkam mich. Wir hatten vereinbart, nach dem Tod ihres Vaters alles zu klären. Ich hatte nur nicht erwartet, dass sie dieses Gespräch gerade jetzt führen wollte.

Ich holte tief Luft und nickte. „Was ist denn mit uns?"

„Ich ziehe nach Alaska."

„Delilah, das musst du nicht ...“

Da schüttelte sie schnell den Kopf. „Ich weiß, dass ich mich jetzt nicht entscheiden muss, wenn du das meinst. Aber ich möchte das so gerne. Ich habe sogar schon mit meiner Mom darüber gesprochen. Sie bleibt zwar hier, aber sie kommt mich mehrmals im Jahr besuchen. Sie wäre das Einzige, was mich hier noch hält, und ich möchte in die Zukunft blicken, nicht in die Vergangenheit."

Mein Herz pochte einen Augenblick lang so schnell, dass mir der Atem stockte. Nach ein paar Schlägen schaffte ich es, ihn in einem Stoß herauszulassen und zog sie ein wenig näher an mich heran. „Bist du dir sicher, dass du das möchtest?"

„Auf jeden Fall."

„Wie sieht denn deine Zukunft aus?"

„Ich kenne zwar nicht alle Einzelheiten, aber ich weiß, dass wir zusammenwohnen werden."

„Du weißt schon, dass ich für dich herkommen würde, oder? Ich habe schon darüber nachgedacht."

Delilah nickte, hob eine Hand und strich mit ihrer Fingerspitze über eine meiner Brauen. „Ich weiß, dass du versucht hast, wegen der Sache mit meinem Dad nicht darüber zu reden, und dafür bin ich dir auch wirklich dankbar. Aber ich liebe dich, und ich möchte mit dir zusammen sein. Dein Leben in Alaska hat viel mehr zu bieten als das, was ich hier habe, und es gefällt mir dort wahnsinnig gut. In dem Sommer, als wir uns im Camp kennengelernt haben, habe ich immer nur daran denken können, wie cool es wäre, dort zu leben. Und jetzt kann ich das."

„Bist du dir sicher, dass du diese Entscheidung jetzt treffen möchtest?"

Ich konnte fast nicht glauben, dass Delilah schon so weit war. Ich hatte mich so sehr bemüht, sie nicht unter Druck zu setzen.

Da verzogen sich ihre Lippen zu einem langsamen Lächeln. „Ja, Alex. Ich bin mir sicher. Es ist ja nicht so, dass ich keine Zeit gehabt hätte, darüber nachzudenken. Die Entscheidung ist ziemlich einfach. Die Entscheidung, wo ich mein Praktikum mache, fällt mir ungleich schwerer, aber ich tendiere zu Charlies Praxis."

„Ich liebe dich", murmelte ich, als ich sie auf meinen Schoß zog und sie festhielt.

Dezember

Ich schaute aus dem Flugzeugfenster auf die schneebedeckten Kenai Mountains, deren Gipfel sich dunkel gegen den strahlend blauen Winterhimmel abhoben. Als das Flugzeug im Sinkflug war, konnte ich den einzigen Highway sehen, der sich über die Kenai Peninsula schlängelte.

Wenig später beschleunigte sich mein Puls, als das Flugzeug mit einem kleinen Rumpeln und einem Aufprall landete. Ich konnte es kaum erwarten, Alex zu sehen. Minuten später sah ich ihn schon auf mich warten. Sein braunes Haar war struppig und auf seinem kräftigen Kinn waren ein paar Bartstoppeln zu sehen.

Das letzte Jahr war ganz schön hart gewesen, weil ich ihn so sehr vermisst hatte. Jede Minute, die wir zusammen verbracht hatten, hatte sich wie eine Fata Morgana angefühlt, also hatte ich mich vom Stolen Hearts Valley verabschiedet, als ich in dieses Flugzeug gestiegen war. Ich würde meine Freunde sehr vermissen, aber der Ruf eines Neuanfangs lockte mich.

Sobald ich ihn sah, rannte ich los und ließ meine Tasche fallen, als er mich in seine Arme zog. Tränen stiegen mir heiß in die Augen, als mir vor Freude fast das Herz aus der Brust sprang. Seine starken Arme umschlossen mich fest und ich verteilte Küsse auf seinem Hals, bevor ich mich zurücklehnte, um ihm noch mehr ins Gesicht zu drücken. „Ich habe dich so sehr vermisst!", rief ich aus.

„Ich kann mir nicht vorstellen, dass du mich so sehr vermisst hast, wie ich dich. Das waren lange vier Wochen", murmelte er und strich mir die zerzausten Haare aus dem Gesicht, bevor er verstummte und mir mit seinem Espressoblick mehr sagte, als Worte es je vermochten. Er wischte eine Träne weg, die mir über die Wange kullerte. „Warum weinst du denn jetzt?" Dann drückte er mir einen kurzen Kuss auf die Lippen, bevor er sich zurückzog und auf meine Antwort wartete.

„Ich bin einfach nur glücklich, so glücklich, dass es fast wehtut."

Da breitete sich ein Lächeln über beide Ohren aus. „Ich bin so verdammt froh, dass du hier bist."

„Delilah!", rief eine Stimme. Auch wenn Alex mich zu Boden sinken ließ, hielt er einen Arm fest um mich. Mit einem Blick über seine Schulter sah ich Holly winken. Nate lächelte und beugte sich zu ihr hinüber, um ihr etwas ins Ohr zu flüstern.

„Du hast ein Empfangskomitee", stellte Alex fest. Dann löste er sich von mir, um meine Tasche zu holen, und griff mit seiner freien Hand sofort wieder nach meiner Hand. „Musst du noch etwas bei der Gepäckausgabe abholen?"

Ich schüttelte den Kopf und atmete tief durch. Die Erleichterung darüber, endlich hier zu sein, mischte sich mit einer unbändigen Freude, und das Gefühl, nach Hause zu kommen, schoss durch meinen Körper. „Ich habe fast alles verschickt. Es sollte in ein paar Tagen hier ankommen", antwortete ich.

Stunden später trat ich in die kalte, verschneite Nacht hinaus auf die Terrasse vor unserem Zimmer. Ein Weihnachtsbaum funkelte in der Dunkelheit hinter der Ski-Lodge. Ich war auf Marleys Angebot der zwei kostenlosen Wochen nach dem Schlamassel vom letzten Jahr zurückgekommen. Alex hielt vor mir inne, drehte sich um und warf einen Blick zurück. „Frohe Weihnachten", wünschte er mir schlicht.

Dann zupfte er leicht an meiner Hand und zog mich zu sich heran. Ich stieß gegen ihn und genoss seine Wärme und Kraft, während er seine Arme um meine Taille schlang. „Ich verspreche dir, dass es dir in Alaska gefallen wird", murmelte er.

„Da mache ich mir überhaupt keine Sorgen." Weil es so war. „Wir haben noch gar nicht besprochen, ob wir uns zu Weihnachten etwas schenken." Ich neigte meinen Kopf zurück, um ihm in die Augen zu sehen. Der Schnee fiel sanft vom Himmel und landete auf meinen Wangen.

„Du bist mein allergrößtes Weihnachtsgeschenk", murmelte er, bevor er seine Lippen auf meine legte.

Danke, dass ihr Schneeflocken einer unvergesslichen Liebe gelesen habt – ich hoffe, euch hat die Geschichte von Delilah und Alex gefallen!

Melden Sie sich unbedingt für meinen Newsletter an, um die neuesten Nachrichten, Leseproben und mehr zu erhalten! Klicken Sie hier, um sich anzumelden: https://jh-croix.ck.page/ee53a5ef22

Melden Sie sich für meinen Newsletter an. Dabei handelt es sich um ein exklusives Geschenk nur für neue Abonnenten. Bonusszene GRATIS - ab Buch 1 in Into The Fire – Serie Alaska!

Es ist schon ein paar Jahre her, dass Amelia & Cade in Brenne für Mich ihr Happy End gefunden haben. Viel Spaß mit diesem Ausschnitt aus ihrem zukünftigen Leben!

. . .

Brenne für Mich - Bonusszene: https://BookHip.com/HWSQBAK

Ein ehemaliger Militärpilot und eine Köchin aus dem Süden auf der Suche nach einem Neuanfang treffen in der Wildnis Alaskas aufeinander. „Dieses Buch hat alles, was man sich nur wünschen kann. Ich konnte es einfach nicht aus der Hand legen."

1-Klick : **Sturzflug ins Herz, Firefighter-Romanze**